北原白秋

言葉の魔術師

今野真二
Shinji Konno

Eurus Notus Boreas Zephyrus

岩波新書
1649

はじめに

「北原白秋」の名を聞いたことがない、という人は、おそらくいないだろう。多くの人は、たとえば小学校の音楽の時間に、白秋が作詞し、山田耕筰《こうさく》が作曲した「ペチカ」や、「待ちぼうけ」「この道」などの曲を習ったのではないだろうか。

あるいは高等学校の国語の教科書で、白秋の短歌にふれたかたもいるだろう。たとえば手元にある『国語総合現代文編』(二〇一四年、東京書籍)では、正岡子規、与謝野晶子、石川啄木、斎藤茂吉らとともに白秋の短歌作品二首をとりあげている。

春の鳥な鳴きそ鳴きそあかあかと外《と》の面《も》の草に日の入る夕《ゆふべ》
碓氷嶺《うすひね》の南おもてとなりにけりくだりつつ思ふ春のふかきを

こうした童謡や短歌以外に、白秋は詩もつくっている。白秋の作品は多岐にわたっており、日本の近代文学において巨大な存在の一人といってよい。岩波書店から刊行されている『白秋全集』は全四十巻に及ぶ。

このように白秋の名はよく知られているが、その一方で、膨大な彼の作品を読み通した人は少ないように思われる。作品数が多いこととあわせ、その活躍のフィールドが多岐にわたるため、自身の興味にしたがって、短歌なら短歌、詩なら詩と、限られたジャンルしか読まないことが多いのではないだろうか。そうした意味合いにおいては、北原白秋は「知られているが、知られていない」ともいえるだろう。

だが白秋の作品は、互いに深くつながり合っている。短歌、詩、童謡とジャンルは異なっていても、一つの「イメージ」の言語化であり、時には重なり合う「パーツ」を用いながら、詩が短歌になり、短歌が詩になり、あるいは詩が童謡になり、と多様な展開を見せることがある。さらには散文がその「イメージ」を説明することもある。ジャンルにとらわれることなく、豊かな「心的辞書」(後述)にもとづいて言葉をあやつり、さまざまな「イメージ」を言語化して織りなしていく。こうした言語による創作を白秋ほど多彩に行なった作家は他に例がない。本書が白秋を「言葉の魔術師」と呼ぶゆえんである。

白秋は『芸術の円光』の中で次のように述べている。

> 尤も私自身では、よく同じ材料から短歌を小唄を或は詩を、或は子供の言葉でもつて童謡を作つて見る事もあります。然しこれは一つの花瓶のカンナの花を右から見たり左から見たり前から或は斜めから、後から見て画にすると同じ行き方で、一つ一つの場合にやはり一つ一つの差別相と独自性とを十分認めた上での事です。さういふ場合の感動律の微細な差異は矢張り自身でなければわかりません。その内律に於てしぜん違ふので表現の形式も違つて来るのです。一つが本物で一つが嘘だとは云へません。それは香気、色彩、気品は一々に違ひませう。然し、どれでも本物は本物です。(中略)
>
> で、私は感動の度合とその形の差別とによつて、抒情と云はず象徴と云はず、長詩、短詩、小曲、小唄、民謡、童謡、短歌、短唱、俳句、新古さまざまの形式を以て自由に表現する事にしてゐます。一の形式を固執しません。私には一の形式に固執する人の気が知れないのです。

あわせて白秋は、推敲の人、彫琢《ちょうたく》の人でもあった。一つの言語化に満足することなく、何度でも推敲を重ね、そしてそれは長期間にわたった。白秋は『鐼《かなしき》』(一九三八年、アルス)という一風変わった題名の本を出版している。これはまさに詩の「添削実例」集であり、あとがきにあたる「巻末に」において白秋は「私はこの鍜で多磨の会員の作品の中から取り上げて、一首一首に丹念に打ち鍛へて来たが、又自身をも厳しく鍛へ抜かうとした」と述べており、添削は自身の鍛錬のためでもあった。また作品の提示のしかたにも細心の注意を払う「プロデューサー」でもあった。一度出版された書物のかたちを変え、作品を入れ替える。あるいは書物の装幀を自身で行ない、その装幀をまた変える。そうした「演出」をたゆまず続けた。

誰もが知る北原白秋であるが、こうした創作者としてのありようが、案外と知られていないように思う。白秋といえば、いくつかの有名な童謡に、詩集『邪宗門《じゃしゅうもん》』『思ひ出』、歌集『桐の花』、それに人妻との「姦通事件《かんつうじけん》」。それで尽きるかのようなとらえかたがなされてこなかっただろうか。もちろんこれらの作品集はそれぞれにすばらしい。しかしそれは白秋のある一面に過ぎないといってもよい。

白秋の作品を経時的に追うと、その「変化」に気づく。詩でいえば象徴詩から都会的な詩へ、短歌でいえば『桐の花』の「清新体」から『黒檜《くろひ》』の「薄明吟」へ。白秋という巨大な存在を理解するには、その「変化」を追体験することも必要だろう。明治から昭和へ、日本の社会が大きく変動していく時代を生きた白秋は、いつまでも『邪宗門』の白秋だったわけではない。

しかし、その一方で、白秋が脳内に蓄積した「イメージ」の中には生涯変わらなかったものもあるように感じる。

「変わるもの」と「変わらないもの」、そうした観点で白秋を見直すことから、「言葉の魔術師」をとらえることはできないだろうか。同時に、さまざまな「器」に作品を盛りつけていくその「手際」も玩味してみたい。本書の試みに、お付き合いいただければ幸いだ。

目　次

凡　例

一　白秋作品の引用に関しては、原則として『白秋全集』全三十九巻別巻一（岩波書店、一九八四～八八年）を底本とし、異なる場合は前後にその旨を示した。白秋作品以外の引用については前後に出典元を示した。

二　引用にあたって、漢字は「常用漢字表」に当該字が載せられている場合、「常用漢字表」の字体にしたがった。

三　出典元にない振仮名を新たに施すことはしていないが、引用箇所を地の文の一部として用いるなどの場合、読者の便宜を考え適宜施した箇所がある。

四　短歌の引用で、一部もともとの改行を保存した場合があり、「／」を改行位置を示す符号として使用した。『白秋全集』では原則として改行を保存していないため、単行本での改行位置を参照した箇所がある。

五　人名に使われている漢字は、なるべく保存した。

第一章

油屋の TONKA JOHN

時は逝く。赤き蒸汽の船腹《ふなばら》の過ぎゆくごとく、
穀倉《こくぐら》の夕日のほめき、
黒猫の美くしき耳鳴《みみなり》のごと、

（『思ひ出』「時は逝く」）

『思ひ出』挿画

白秋の生い立ち

北原白秋は明治十八(一八八五)年一月二十五日、福岡県山門《やまと》郡沖端《おきのはた》村大字沖端石場五十五番地(現在の柳川《やながわ》市沖端町)に、北原長太郎(一八五六〜一九四七)と、しけ(一八八三年入籍、一八六一〜一九四五)の次男として生まれた(本名、隆吉)。父長太郎と、明治十二(一八七九)年七月に離婚したなみとの間に、(白秋にとって)異母兄にあたる長男豊太郎(一八七七年十一月〜一八七八年三月)が生まれているが、生まれて四ヶ月で夭折しているので、白秋が実際上は嫡男として育てられている。長太郎と、明治十六(一八八三)年五月に離婚したいのとの間には異母姉にあたるかよ(加代)もいる。二歳下には後にアルス社長となる弟鐵雄《てつお》、五歳下には、妹ちか、八歳下には、後に画家の山本鼎《かなえ》と結婚し、詩人の山本太郎を産むことになる妹いゑ(家子)、十一歳下には、後に美術出版社として知られるようになるアトリエ社社長となる、弟義雄がいる。

北原家は九州一円にひろく知られた海産物問屋であった。白秋の祖父にあたる嘉左衛門の代から酒造りを始め、父長太郎の代には酒造業を主とするようになった。『思ひ出』に収められた「わが生ひたち」には次のような行りがある。

世間ではこの旧家を屋号通りに「油屋」と呼び、或は「古問屋《ふるどんや》」と称へた。実際私の生家は此六騎街中の一二の家柄であるばかりでなく、酒造家としても最も石数高く、魚類の問屋としては九州地方の老舗として夙《つと》に知られてゐたのである。従て浜に出ると平土、五島、薩摩、天草、長崎等の船が無塩、塩魚、鯨、南瓜《ボウブラ》、西瓜、たまには鵞鳥、七面鳥の類まで積んで来て、絶えず取引してゐたものだつた。（中略）

私はかういふ雰囲気の中で何時も可なり贅沢な気分のもとに所謂油屋のTonka Johnとして安らかに生ひ立つたのである。

「平土」は平戸《ひらど》のこと。「Tonka John」は、同書に収められた詩「穀倉のほめき」の「註」で白秋が、「Tonka John. 大きい方の坊つちやん、弟と比較していふ、柳河語。殆どわが幼年時代の固有名詞として用ゐられたるものなり。人々はまた弟の方をTinka Johnと呼びならはしぬ。阿蘭陀訛？」と述べている。白秋は、このように作品中で「柳河語」を使うことが少なくない。

『思ひ出』と回想

明治四十四(一九一一)年六月に発表された『思ひ出』(東雲堂書店)は、「抒情小曲集」を副題としており、白秋が故郷の柳河(現在は「柳川」と表記する)で過ごした幼少期を描いた自伝的作品としてよまれることが多い。冒頭に序のようなかたちで付された「わが生ひたち」という文章=散文では、先の引用のように、幼年時代を思わせる内容が語られている。そこで語られている出来事は、「おもひで」「生の芽生」「TONKA JOHN の悲哀」「柳河風俗詩」などの小題のもとに収められた詩作品とみごとなまでに一致している。たとえばこんな詩がある。

そも知らね、なべてをさなく
忘られし日にはあれども、
われは知る、二人《ふたり》溺れて
ふと見し、水ヒアシンスの花。

右は「おもひで」という小題のもとに収められている「水ヒアシンス」の第三連であるが、この詩は「幼時水に溺れかけた日のおぼろな記憶」(日本近代文学大系28『北原白秋集』一九七〇年、角川書店、三〇八ページ頭注）と結びつけてよまれることが多い。白秋が従姉とともに水路に落ち、おぼれかけたのは、明治二十二（一八八九）年、白秋四歳の時の出来事である。

「わが生ひたち」には、次のようにある。

> 私の郷里柳河は水郷である。（中略）その水面の随所に、菱の葉、蓮、真菰、河骨、或は赤褐黄緑その他様々の浮藻の強烈な更紗模様のなかに微かに淡紫のウオタアヒヤシンスの花を見出すであらう。（中略）
>
> かういふ最初の記憶はウオタアヒアシンスの花の仄かに咲いた瀦水《たまりみづ》の傍《そば》をぶらつきながら、従姉《いとこ》とその背《せな》に負はれてゐた私と、つい見惚《みと》れて一緒に陥《はま》つた――

「ウオタアヒヤシンス」

この「水ヒアシンス」、または「ウオタアヒヤシンス」は、あまり馴染みのない語かもしれない。「ホテイアオイ」というとわかるだろうか。金魚鉢や池に入れる水草で、東京あたりでは「買ってくるもの」だろう。

だが白秋にとって、「ウオタアヒヤシンス」は故郷柳河と深く結びついた語の一つ、水郷柳河のイメージを喚起する語の一つであったものと思われる。

図1　『水の構図』「台湾藻」

そう考える理由は、次のようなものだ。図1は、昭和十八(一九四三)年、白秋の死後にアルスより出版された柳河の写真集、『水の構図』(写真家である田中善徳の写真と、白秋の詩文をあわせたもの)の中の、「台湾藻」と題された見開きページの左ページである。

『水の構図』の白秋による「はしがき」には、まず「夜ふけ人定つて、遺書にも似たこのはしがきを書く」という小字の添え書きがあり、「水郷柳河こそは、我が生れの里である。この水の柳河こそは、我が詩歌の母体である」と始まる。そして「水の構図は幼児隆吉の柳河である。ああかう書いてゆくうちにも、水の香ひや藻くさや若葦の香ひがして来さうだ。鳰の鳴くこゑまでが夕焼の茜とともにきこえて来る」というところまで書かれた「跋」は、ついに白秋の死により未完成のままとなった。

田中善徳による同書の「後記」には、この写真をめぐる白秋とのやりとりが記されている。

「素晴らしい群落だ、これはどのあたりかね。」
「お花さん(土地の人は藩公邸をお花と呼ぶ)の裏堀です。下宮永あたりになりますか。」
「よく咲いてるね、堀一面だ。それに遠い草屋のたゝずまひ。短歌そのまゝだね。僕の飛翔吟だが、どうだ写生の正しさに根ざしてゐるだらう。」

筆者は、自身の目で見ておきたかったので、二〇一六年八月に柳川、天草をまわった。柳川では柳川藩主立花邸がそのまま料亭旅館となっている「御花」に宿泊した。聞いてみると、堀割に「水ヒアシンス」が見られなくなったのは、ずいぶん前のことのようだが、ひっそりとした佇まいは感じられた。

『水の構図』の先ほどの写真の右ページには、「草屋古り堀はしづけき日の照りに花咲けり台湾藻《ウオターヒヤシンス》の群落」という短歌が置かれている。これは歌集『夢殿』(一九三九年、八雲書林)の「飛翔篇」に収められ、「柳河上空旋回」と題されている二首のうちの一首「草家古り堀はしづけき日の照りに台湾藻《ウオータアヒヤシンス》の群落が見ゆ」を少し改作したもので、「飛翔篇」というのは、「郷土飛翔吟」の中の小題である。

年譜によれば、昭和三(一九二八)年、白秋四十三歳の時に、二十年ぶりに故郷に戻った時の作品であることがわかる。「郷土飛翔吟」に収められた短歌が描く「世界」は『思ひ出』の描く「世界」と驚くほど重なり合っており、それこそが、白秋のほとんど変わることのない「思い出の世界」であると考える。

同じく『夢殿』の「郷土飛翔吟」に収められた短歌をあげてみよう。

街堀《まちぼり》は柳しだるる両岸《もろぎし》を汲水場《くみづ》の水照穏《みでりおだ》に焼けつつ
かいつぶり橋くぐり来《こ》ぬ街堀《まちぼり》は夕凪《ゆふなぎ》水照《みでり》けだしはげしき
葦むらや開閉橋《かいへいけう》に落つる日の夕凪にして行々子鳴く
夕凪の干潟まぶしみ生貝《なまがひ》や弥勒《みろく》むく子の額髪《ぬかがみ》にして
潮くさき突堤《うろこ》に沁むる夏西日音あわて落つるむつごろ影あり

「溝渠《ほりわり》」には柳がしだれかかり、舟が橋をくぐって行く。「汲水場《くみず》」に女の子がおりている。カイツブリは橋をくぐったり、藻をくぐったりしている。裏堀を蛇が体をくねらせて泳ぎ渡っていく。夕日に照らされた開閉橋のあたりではオオヨシキリ(行々子《ぎょうぎょうし》)が鳴く。六騎《ろっきゅ》の町、沖端の「突堤《うろこ》」にはムツゴローが走り、夕干潟では女の子が「蟶《あげまき》」や「生貝《なまがい》」や「弥勒《みろく》」をむいている。『水の構図』にはこうした情景を思わせる写真が多い。それが白秋の柳河であり、沖端だったのではないだろうか。そして白秋の心に刻まれた「風景」は故郷を離れて二十年が経過しても変わることがなかった。それが白秋の「故郷のイメージ」だったということだろう。

「柳河語」がもつ意味

白秋はこのように、自身の作品の中で、さまざまな形で故郷柳河のイメージを描いてみせた。そのための、いわば「ツール」の一つが、白秋言うところの「柳河語」である。

先ほど「Tonka John」の例を引いたが、他にも『思ひ出』の中で使われている柳河方言を少しあげてみよう。

銀かな具のつめたさ、
SORI-BATTEN. びろうどのしとやかさ。
（「函」）

そのかげに透く水面《みのも》こそ
けふも Ongo の眼つきすれ。
（「水面」）

裏のBANKOにゐる人は、……
あれは隣の継娘《ままむすめ》。
（「柳河」）

こうした「方言」については、幼少時代への郷愁から「自然と」口をついて出たもの、白秋の、故郷への親近感を示すものとして受けとめられることが多いだろう。だが、本当にそうだろうか。こうした方言の使用は「自然」なものなのだろうか。

一つの手がかりとして、これらの柳河方言について白秋は、「Tonka John」と同様に、「註」などで次のように説明をしている。

Sori-batten.……然しながら。方言。阿蘭陀訛？
Ongo.……良家の娘、小さき令嬢。柳河語。
BANKO……縁台、葡萄牙の転訛か

「思わず使った」というような自然な発露であれば、こうした「註」を付すだろうか。「註」がなければ柳河方言は多くの人には理解できないということが白秋にはわかっていた。また、もし自然な郷愁の表現だというならば、『思ひ出』がすべて柳河方言で書かれてもおかしくはないだろうが、『思ひ出』は基本的には共通語を使って書かれており、そのところどころに柳河方言が使われているにすぎない。

白秋にとって柳河方言は、あくまでも柳河を鮮やかに描き出すための「ツール」であったのではないか。あるいは共通語の中に柳河方言を意識的に混在させたのではなかったか。私たちはこれまで、白秋の「柳河語」を、あまりにも素直に受けとめすぎていたのではないだろうか。

再構成された「柳河」

ここで白秋の「柳河イメージ」について、興味深い見解を紹介しておこう。作家の竹西寛子は「もうし、もうし、柳河じゃ」(『白秋全集』月報22)において、白秋が「言葉の選択と接続の決断において、熾烈な内面の闘争を繰り返したことだろう」と述べ、『邪宗門』や『思ひ出』が「理性を拒否した感覚の洪水ではなく、詩人が、自らの理性で再認識し、再構成した感覚の表現でもあった」と述べる。

つまり白秋の作品中の柳河は「いとおしまれ、つつみ込まれただけの柳河ではなく、他の土地の中にいったん投げ出され、再認識、再構成された柳河だからこそ、こういう言葉が躍りかかってくる。他の土地の中にいったん投げ出す手続きをとるのが詩人の理性であり、白秋は、そのためのエネルギーを使っていたからこそ、堂々と柳河にもの言わせることが出来た。この段階で、柳河は柳河であって、すでに柳河を超えている」という竹西寛子の言説は首肯できる。同様に、フランス文学者の寺田透は「不可避の振幅」(『白秋全集』月報40)において、『思ひ出』について、「故郷における自分の幼少時を、思ひ出としてではなく、けふの日の心的体験として歌ひえた詩集」と述べている。そうであるとすれば、その時白秋は時間を超えたところに立っていることになる。

このように考えると、本章の冒頭に引用した「わが生ひたち」に登場する「私」もまた、白秋その人であるとは限らない。「Tonka John」はたしかに「わが幼年時代の固有名詞」であったにせよ、これもまた白秋とイコールではない。「柳河」を再構成する回想の「フレーム」として、両者は機能している。

「ありのまま」を疑う

白秋には、読み手を「欺く」つもりなど毛頭なかったであろうが、「わが生ひたち」と詩作品との「一致」によって、読み手は、詩作品がとらえた「世界」を事実だと思い込む、ということはないだろうか。詩作品は詩ゆえに、読み手も何らかのフィクションを含むかもしれないと思ったとしても、そこに散文の説明が配置されることで、散文=文章を反照させて詩作品を「事実」として認識するということがおこるのではないか。

白秋は詩作品を文章に「パラフレーズ」しているはずで、そういう仕組み＝「装置」を白秋が意図したかしていなかったかは不分明であるが、文章＝散文で記された「わが生ひたち」と詩的言語で記された詩作品とは、違う「器」に盛られた「同じ料理」だったのではないか。これはつまり、散文もまた、「事実」を「ありのまま」に文章化したものではないということである。

『思ひ出』より早く刊行された第一詩集『邪宗門』に収められた詩作品と『思ひ出』に収められた詩作品との製作時期には重なっているものがあることがわかっている。『邪宗門』は象徴詩集としてとらえられることが多い。その一方で『思ひ出』の作品群は、「わが生ひたち」の印象からか、白秋の幼少期を「ありのまま」に描いたものと「よまれる」ことが多かったのではないか。しかし『思ひ出』はけっして「ありのまま」の「非象徴詩」ではない。白秋のもつ「イメージ」、「柳河語」のような「ツール」を存分に駆使して構成された一つの「世界」なのである。白秋の作品を「よむ」「理解する」ためには、もう一度、「欺罔《けれん》の器《うつは》」(「邪宗門秘曲」)という心持ちで、『思ひ出』をよみかえしてみる必要があるのではないだろうか。

「詩的言語をよむ」ということは、「作品に埋め込まれた事実を事実として掘り起こす」ことではないと考える。柳河という実在の土地があって、それが白秋のイメージを形成する。一方、読み手には読み手の、「故郷」や「柳河」「水ヒアシンス」に対してすでにもっていたイメージがある。白秋のイメージと読み手のイメージとは時に重なり、時に重ならない。しかし、そこに重なり合いがあった時には、白秋の詩は、読み手がもっていたイメージを連鎖的に次々と喚起していくはずで、それが「詩がわかった」「詩がよめた」ということではないだろうか。そして、結論を先取りするようになってしまうが、「読み手のイメージと自身のイメージの重なり合い」をつねに模索していたのが白秋ではないだろうか、と筆者は考えている。

廃市

そうしたことを具体的にみてみよう。

先ほど『思ひ出』『夢殿』『水の構図』に同じようなイメージが繰り返し現われることを確認した。こうした「変奏曲＝バリエーション」が白秋を「よむ」ためのキー・ワードの一つだとすれば、『邪宗門』『思ひ出』『東京景物詩』(詩集)と『桐の花』(歌集)とを「変奏曲＝バリエーション」ととらえるという「よみかた」ができるかもしれない。ここに白秋の「(イメージの)核」があって、それがその後の作品においても通奏低音としてずっと響き続けているという「よみかた」もありそうだ。

そしてこうした「変奏」は、白秋の作品の中だけで完結するとは限らない。例をあげてみる。

私の郷里柳河は水郷である。さうして静かな廃市の一つである。自然の風物は如何にも南国的であるが、既に柳河の街を貫通する数知れぬ溝渠《ほりわり》のにほひには日に日に廃れてゆく旧い封建時代の白壁が今なほ懐かしい影を映す。（中略）静かな幾多の溝渠はかうして昔のまゝの白壁に寂しく光り、たまたま芝居見の水路となり、蛇を奔らせ、変化多き少年の秘密を育む。水郷柳河はさながら水に浮いた灰色の柩である。

（「わが生ひたち」）

右の行りに注目し、「はじめに喪失があった」と語り始めたのは、川本三郎『白秋望景』（二〇一二年、新書館）であった。川本三郎が右の書中で述べているように、今確認してみると、福永武彦『廃市』のタイトルページには「……さながら水に浮いた灰色の棺《ひつぎ》である。／北原白秋「おもひで」」とあって、福永武彦の『廃市』が「白秋の「わが生ひたち」の本歌取り」であったことに改めて気づかされる。福永武彦自身は、単行本『廃市』（一九六〇年、新潮社）の「後記」において「廃市」という語に関して、「この造語は恐らくダヌンツィオの作品 La Città morta を森鷗外あたりが訳したのが初めなのだろうと思う。まだその出典を見出していない。僕は北原白秋の『おもひで』序文からこの言葉を借りて来たが、白秋がその郷里柳河を廃市と呼んだのに対して、僕の作品の舞台は全く架空の場処である。そこのところが、同じロマネスクな発想でも白秋と僕とではまるで違うから、どうか nowhere として読んでいただきたい」と述べている。

これも川本三郎が指摘していることであるが、新潮文庫『廃市・飛ぶ男』(一九七一年)の「解説」中で、清水徹は「廃市」という語の出所について、ダヌンツィオよりは「そのほんのすこし前にベルギーの小説家ロダンバックが発表して大変な評判になった Bruges-la-Morte という小説からではないか。この題名は『廃市ブリュージュ』と訳すといかにもぴったりだし、それにこれは偶然の一致だろうが、ベルギーにあるこのブリュージュという町は古びよどんだ運河が町中をめぐる、いかにも末期象徴派ごのみの「廃市」なのである」と述べる。

ローデンバック(Georges Rodenbach)の『BRUGES-LA-MORTE』は「死都ブリュージュ」と訳されることが多いが、このローデンバックの詩「Douceur du Soir」が上田敏《びん》の『海潮音《かいちょうおん》』に「黄昏《たそがれ》」という題名で収められている。北原白秋の『邪宗門』(明治四十二〈一九〇九〉年刊)にさきだつ明治三十八(一九〇五)年に刊行された『海潮音』が白秋に大きな影響を与えていることはこれまでに指摘されている。白秋の第一歌集である『桐の花』には「かはたれのロウデンバッハ芥子の花ほのかに過ぎし夏はなつかし」という作品が収められている。そしてこのローデンバックを愛読していたのが永井荷風であった。

あるいは読者のなかには、「廃市」から大林宣彦の映画を思い起こす人もいるかもしれない。映画「廃市」は福永武彦の作品を原作として、一九八三年に公開されているが、福岡県柳川市で全編が撮影されている。先に引用したように、福永武彦自身は「架空の場処」「nowhere」と述べている『廃市』の舞台がここでまたいわば柳河に戻ったということもできる。

どこを起点にしてもよい。例えば福永武彦『廃市』を起点とすれば、そこから北原白秋の『思ひ出』に行き、『思ひ出』からローデンバックに行き、ローデンバックから上田敏『海潮音』に行く、あるいは、大林宣彦の「廃市」を起点として、柳河に行き、北原白秋の『思ひ出』に行く、というように、次々につながっていく「引用の連環」あるいは「イメージの連環」をトレースしていくことは、読み手に蓄積されているイメージを詩の作者に蓄積されているイメージと対峙させる、詩のよみかたの一つといえるのではないだろうか。そのように、自身のイメージをあれこれと重ね、あれこれと追っていった時に、そのある瞬間に「よみ」のフォーカスがぴたりと合う、それが自身のものとしてその詩が「よめた」ということのようにも思う。

白秋の実人生において、川本のいうように喪失感があったとすれば、それは明治三十四(一九〇一)年の沖端の大火によって、実家が被災したことと深くかかわると思われる。

失われたもの

私が十六の時、沖《おき》ノ端《はた》に大火があつた。さうしてなつかしい多くの酒倉も、あらゆる桶に新らしい金いろの日本酒を満たしたまま真蒼に炎上した。(中略)

私は恰度そのとき、魚市場に上《あ》荷げてあつた蓋《ふた》もない黒砂糖の桶に腰をかけて、運び出された家財のなかにたゞひとつ泥にまみれ表紙もちぎれて風の吹くままにヒラヒラと顫へてゐた紫色の若菜集をしみじみと目に涙を溜めて何時《いつ》までも何時《いつ》までも凝視《みつ》めてゐたことをよく覚えてゐる。

(「わが生ひたち」)

図2は筆者が所持している『若菜集』(明治三十〈一八九七〉年初版発行、明治三十五〈一九〇二〉年第七版、春陽堂)の表紙である。全部で一九七ページ、一センチメートル程の厚みのある本であるが、それが「泥にまみれ表紙もちぎれて」しまったさまを白秋は「何時《いつ》までも何時《いつ》までも凝視《みつ》めてゐた」。そしてこの年に妹ちかがチフスで死去している。明治三十四(一九〇一)年は白

秋にとって「喪失の年」であったといえよう。ちなみにいえば、小説家の後藤明生は「わたしの白秋体験」(『白秋全集』月報21)において、永井荷風『断腸亭日乗』の昭和二十(一九四五)年三月九日の東京大空襲による偏奇《へんき》館《かん》炎上の記事は、この「わが生ひたち」を意識したものではないか、と指摘している。そうであった場合、これを簡略に「白秋→荷風」と図化するとして、この矢印を逆にたどれば、荷風が白秋の「わが生ひたち」をどのようによんだか、どのようにイメージ化したか、ということを窺うことができる。それはやはりどこかでは、「わが生ひたち」の「よみ」を助けるものとなるはずで、そう考えると、この場合の荷風は、白秋をよむための「補助線」ということになる。

図2　島崎藤村『若菜集』表紙

蜥蜴は美くしくふりかへり

詩人の宗左《そうさ》近《こん》は「白秋への旅」(『白秋全集』月報9)において、『思ひ出』に収められた「陰影」の中の「蜥蜴は美くしくふりかへり」という行りに注目し、「蜥蜴はふりかえることをしない」しかし「白秋の蜥蜴はふりかえらないわけにいかない。なぜか？　命令されているからである。何ものによって？　蜥蜴を支配し、白秋を超える巨いなる存在、非人称存在によって。ただし、白秋本人は、ひたすら陰影を見つめることによって陰影のなかにのめりこんでいたにすぎない」と述べ、さらに「白秋の蜥蜴は何をしようとしてふりかえるのか？　激しい日の光の焼きついている道から、ほの暗い草むらのなかへ、蜥蜴は入っていこうとしている。一歩明るさの外へ踏みこむ。そのとき、残映がキラリと輝く。それが、「美くしくふりかへり」なのではなかろうか」「過去と背後が、現在という瞬間のなかにきらめいて、いわばほの明るい陰影をゆらめき出させる。そこに蜥蜴自体の感傷はない。感傷があるとすれば、むしろ、蜥蜴を支配する超越者の側にこそ、なのではなかろうか」と述べる。詩人ならではの着目と思う。

歌人の俵万智は『桐の花』巻頭の「春の鳥な鳴きそ鳴きそあかあかと外《と》の面《も》の草に／日の入る夕」について、「〈春の鳥よ、おまえは鳴かなくていい。いや、むしろ鳴くことなかれ。私はおまえの鳴き声ではなく、おまえを包み、鳴かせようとする夕ぐれのその気配をこそ歌にしたいのだ。〉そんな短歌観を宣言しているように思われる」(「『桐の花』のことば」『白秋全集』月報38)と述べ、さらに白秋の歌について「目に見えない空気に、たくさんたくさんことばの粒をくっつけて、その流れを表現する。そしてそのことば自身も、煙のように淡いことば。三十一文字という箱の中で、ときにはむせ返り、せきこんでしまうほどの煙がうずまいている。それが私の『桐の花』に持つ印象である」と述べる。描き出したいことの周囲を細心の注意を払いながら言語化することによって、(結果として)「描き出したいこと」を描くといえばよいだろうか。今ここでは「描き出したいこと」という表現を使ったが、それがはっきりとしたかたちをとっているわけではもちろんなく、その朧気《おぼろげ》なもの、「気配」は、白秋がそれをとりまく「周囲」を言語化することによって、初めて姿を現わす。白秋がそのように言語化して初めて皆が、そこにそのような「気配」があったことに気づく、そういうことではないだろうか。

あるいはまた、歌人の武川《むかわ》忠一は『桐の花』に収められている「金口《きんぐち》の露西亜煙草のけむりよりなほゆるやかに燃ゆるわが恋」を採りあげて、「「わが恋」といっても、この「わが恋」は、いわば、恋というものの感触そのもの、いわば、その「匂い」と陰影、「恋」というものの生む神経の揺れ――揺れそのものではなく、その匂いへの鋭敏な反応とさえもいえるようなところがある。『桐の花』には、作者のありのままが存在しないのではない。それを、「匂い」のなかにおくのだ。ことばのつむぎあげる「匂い」と律との融合が『桐の花』の多くの歌の世界である」(「『桐の花』のころ」『白秋全集』月報10)と述べている。

このような詩の作り手たちの言説、丁寧な「よみ」にふれると、「はたしてこれまで白秋の作品は表現を吟味しながら丁寧によまれてきているのだろうか」と思わざるをえない。宗左近のような詩作者にしても、俵万智のような歌人にしても、作り手たちの白秋の「よみ」は共通するものを多くもつように思われる。自身の作品にどのような語を使い、それをどのように並べ、最終的にはどのように印刷して発表するか、までに細心の注意を払っている「書き手」の作品を、そうした「書き手」の気持ちに寄り添うように「読み手」はよんできているのだろうか。事実＝白秋の実人生は作品をよむ「目的」や「結果」ではなく、あくまで作品を理解するための「補助線」なのではないか。白秋の作品を丁寧によむことによってしか白秋を理解することはできない、といえば強弁に過ぎるであろうが、やはりまずは作品をよむことが白秋理解の起点になるはずだ。

第二章　『邪宗門』前夜

蜜吸ふと蕊に下りたる若き蝶の罪にくれゆく紅芙蓉の花　（『文庫』第二十二巻第四号）

拡ぐるに吾世美し花と人罪にまばゆき恋の驕絵　（『文庫』第二十三巻第四号）

『白秋詩集Ⅱ』「朱泥の馬」扉ページ

第一章では、第二詩集『思ひ出』を手がかりにして、柳河時代の白秋について述べた。『思ひ出』は明治四十四(一九一一)年に出版されているが、「わが生ひたち」において白秋が、「「断章」の六十一篇は「邪宗門」と同時代の小曲であってその以後の新風ではない」と述べるように、『邪宗門』に収められた多くの作品とほぼ同時期につくられたものであった。第三章では『邪宗門』を「よむ」が、それに先立ち、ここでは『邪宗門』以前すなわち「前夜」について概観しておくことにしたい。

『文庫』詩壇へ

沖端の大火があった翌年、明治三十五(一九〇二)年、白秋十七歳の十月、雑誌『文庫』に白秋の短歌作品「ほの白う霞漂ふ薄月夜稚き野の花夢淡からむ」が掲載され、選者であった服部躬治《もとはる》に知られるようになった。明治三十七(一九〇四)年の一月までに白秋は、『文庫』誌上に一八一首を発表する。しかし、すでに明治三十六年の十二月には『文庫』歌壇の選歌に不満を感じるようになっていた。そのため、白仁《しらに》勝衛(号、秋津)、川口重次(号、白菫)、大石暢男(号、秋華)、中嶋鎮夫(号、白雨)とともに発行していた同人回覧雑誌『常盤木』の第三号に載せた詩作品「恋の絵ぶみ」を少し手直しした上で、『文庫』一九〇三年十二月号の、今度は詩壇に投稿し、選者であった河井酔茗《すいめい》に認められる。これ以後数年間は詩作に専念するようになる。『文庫』詩壇は『明星《みょうじょう》』(後述)とともに、この頃の白秋の、重要な作品発表の場となった。

「美辞麗句」の時代

『文庫』に発表した四篇の長篇詩、「林下の黙想」「全都覚醒賦」「春海夢路」「絵草紙店」は大正十(一九二一)年一月一日にアルスから刊行された『白秋詩集Ⅱ』に「朱泥の馬」という題で収められ、さらには昭和六(一九三一)年一月十七日にアルスから刊行された『白秋全集Ⅳ詩集』に「文庫時代　主篇」として収められている。(ちなみにいえば、このアルス版(白秋)全集と呼ばれることのある全集の装幀は創作版画の創始者として知られている恩地孝四郎《おんちこうしろう》が担当している。恩地孝四郎は、第一章でふれた、昭和三年の白秋の柳河行きに同道し、ともに飛行機に乗っている。恩地孝四郎はこの時の感動を、後、一九三四年に詩画集『飛行官能』として発表している。)

『白秋詩集Ⅱ』の冒頭に置かれている「第二巻解題」には次のように記されている。

「朱泥の馬」に収めた長篇数種は中学時代に書いた「林下の黙想」以後、私の少年期の所作である。これらは主として雑誌の「文庫」に投稿した。(中略)今から見ると、ただ架空な夢や生命の無い美辞麗句ばかりあつめてゐる。あの頃は何でも美しい事ばかり歌へば

い〻と思つてゐた。（中略）

私のこれまでの詩集は一冊一冊に各独特の風情があるが、ことに「邪宗門」と「思ひ出」はその中で最も異色のある内容外形を備へてゐる。

『邪宗門』と『思ひ出』とが「異色のある内容外形を備へてゐる」と述べていることには注目しておきたい。「内容外形」という表現は詩集の内容と詩集の外形とが一体、一具のものと白秋にとらえられていることを思わせる。

いっぽう、『白秋全集Ⅳ詩集』の「後記」には、「美辞麗句時代」についての具体的なことがらが記されている。

「林下の黙想」は親友中嶋鎮夫（鎮絵と号す）の自殺に刺戟されて書いた初めての長篇詩であつた。さうしてその墓前に献げたものである。尤も此の中の老師と少年とは中嶋には関係は無い。此の詩は河井酔茗氏により『文庫』詩壇全部を挙げてその紙面を与へられ、大いにその推奨を受けた。わたくしの最初期の記念作である。（中略）美辞麗句時代の幼稚な詩篇ではあるが、ただ、長篇を遣る或る才分のみは新に自らを発見せしめたものと思ふ。

その詞葉措辞等に就いては今日に観て、いかにも恥づるところが深い。然しながら思ふ所があつて、原作のままに敢て遺した。

『文庫』に投稿した詩作品が、選者であった河井酔茗に評価され、破格の扱いを受けたことには注目しておきたい。『思ひ出』が上田敏に高く評価されたことはよく知られていると思われるが、白秋にはつねにそうした「評価者」がいた。これは長く創作活動を続けていく場合には重要なことといえよう。

『思ひ出』の最末尾に収められた「ふるさと」には「人もいや、親もいや、／小《ちい》さな街《まち》が憎うて、／夜《よ》ふけに家を出たれど、／せんすべなしや、」とあるが、白秋は「小《ちい》さな街《まち》」＝廃市を脱出し、明治三十七（一九〇四）年に早稲田大学英文科予科に入る。同級には、若山牧水《ぼくすい》、土《と》岐《き》善麿《ぜんまろ》、佐藤緑葉《りょくよう》らがいた。同年九月には穴八幡《あなはちまん》下の清致館に牧水と同宿するようになる。この頃、白秋は射水《しゃすい》と号し、中林蘇《そ》水《すい》、若山牧水とともに、「早稲田の三水《さんすい》」と呼ばれた。

明治三十八年になると高田馬場に家を借り、ばあやとして三田ひろを雇った。伊良子《いらこ》清白《せいはく》や横瀬《よこせ》夜雨《やう》らとともに『文庫』詩人の中堅として認められるようになる。この頃「薄愁」の号を用いた。（ちなみに筆者は、横瀬夜雨あての白秋の献呈署名のある『邪宗門』をネット上のオークションで見つけたことがあるが、入手することはできなかった。）

明治三十九（一九〇六）年には白秋の号を使うようになり、与謝野寛の勧めにより新詩社に参加し、『明星』誌上に詩が紹介される。与謝野晶子、吉井勇、木下杢太郎《もくたろう》、石川啄木、平野万里《ばんり》、茅野蕭々《ちのしょうしょう》らと交流するようになっていく。上田敏、蒲原有明《かんばらありあけ》、薄田泣菫《すすきだきゅうきん》らにも認められるようになる。

さて、白秋いうところの「美辞麗句」とはどのようなものか。「林下の黙想」の六の冒頭の連をあげてみよう。『白秋詩集Ⅱ』から引く。（漢字字体は保存していない）

ああ日は落ちぬ、驕栄《たかぶり》に
善美を尽くし、恋足らせ、
紅旗、彩舟、平門の
美少麗人、華やかに
艶を極めて夕潮や、
紅ゐ映ゆる波がしら、
水晶宮の藍恋ひて、

水沫《みなは》とまろび没《い》りぬごと、
神、驕慢のおん手もて
壮美、端麗、厳かに
拡げられたる大画図は、
巻かれもあへず魔が闇の
襲ふがままに暮れんとす。

詩全体は七五調に整えられている。「美少麗人」「水晶宮」といった、読み手に与える印象＝イメージの比較的強い語、あるいは「ゼンビ(善美)」「キョウマン(驕慢)」「ソウビ(壮美)」「タンレイ(端麗)」といった漢語が使われている。その一方で「ユウシオ(夕潮)」や「ナミガシラ(波がしら)」「ミナワ(水沫)」など、和歌で使いそうな和語も使われており、こうした語、あるいはこうした語の総体を「美辞麗句」と表現していると思われる。

藤村の雅言批判

ここで少し日本の「近代詩」の展開を概観しておこう。

形式的な模倣に過ぎないという批判もあるが、外山正一《とやままさかず》らにより西洋の詩を日本語訳を通して日本に紹介した『新体詩抄』が刊行されたのが、明治十五(一八八二)年であった。白秋がよんだ島崎藤村の『若菜集』は明治三十(一八九七)年に刊行されている。『若菜集』は日本の「近代詩」の基礎を築いた詩集として一般に評価されているが、そうであれば、江戸時代までの日本にはなかった新しい文学ジャンルが二十年ほどの間に、とにもかくにも形を整えたことになる。

島崎藤村は明治三十四年に第四詩集『落梅集』を刊行するが、そこに収められた「雅言《がげん》と詩歌」と題された文章において次のように「雅言の不利」を唱える。

第一、母音の性質円満ならず。
第二、発音の高低抑揚明かならず。
第三、言語の連接単調なり。
第四、語義精密ならず。
第五、語彙《ごゐ》豊かならず。
第六、音域広濶ならず。

そしてそのような日本語の「言語の組織が韻律の蕾を発」せしめず、詩形の発達を阻害しているとみなすにいたる。

実は日本語学からいえば、右に示されている第一から第六がどういうことをいいたいか、という疑問がまずある。そして、仮に「母音の性質が円満でない」ということを認めたとしても、では「雅言」と「雅言以外」の日本語とでは「母音の性質」が異なるか、ということになるが、そうは考えられない。つまり、言語学的にみれば、藤村があげたことは具体的にどういうことを指しているかわかりにくいし、第一〜第六を仮に認めたとしても、日本語を使って作品をつくる以上は、雅言であっても雅言でなくても、それほど変わらないということもある。

しかし、注目しておきたいのは、藤村が明らかに日本語の音や語義や語彙といった面に目を向けているということだ。つまり、詩をかたちづくる言語を「器」とみて、それに「内容」を盛り込むというとらえかたをした場合に、「内容」ではなく「器」を話題にしているということに注目したい。白秋にもこのような認識が共有されていた可能性はたかい。詩について、どんな「内容」をよみこんでいるか、ということは話題になりやすいが、どのような形式が採られているか、ということは話題になりにくいのではないか。

ちなみにいえば、藤村は明治三十五（一九〇二）年の夏に、蕪村《ぶそん》の俳体詩を模したと考えられている「炉辺」をつくり、その年の秋には最初の小説「旧主人」を発表する。そして、藤村は結局は詩という「器」そのものから離れたといってもよいだろう。

上田敏の翻訳

後に述べるように白秋の『思ひ出』を上田敏は激賞するのだが、その上田敏が明治三十八(一九〇五)年に刊行した訳詩集が『海潮音』である。『海潮音』には二十九人の作者の、五十七篇の作品が収められているが、フランスの高踏派、象徴派の詩を紹介した点が注目され、またその点において高く評価されているといってよい。

上田敏『海潮音』に収められているルコント・ド・リールの「大饑餓《だいきが》」(*'Sacra Fames'* 全九連)の第一連、第二連をあげてみよう。

夢圓《ゆめまどか》なる滄溟《わだのはら》、濤《なみ》の巻曲《うねり》の搖蕩《たゆたひ》に
夜天《やてん》の星《ほし》の影見《かげみ》えて、小島《をじま》の群《むれ》と輝《かゝや》きぬ。
紫摩黄金《しまわうごん》の良夜《あたらよ》は、寂寞《じやくまく》としてまた幽《いう》に、
奇《く》しき畏《おそれ》の滿《み》ちわたる海《うみ》と空《そら》との原《はら》の上《うへ》。

(中略)

無邊《むへん》の天《てん》や無量海《むりやうかい》、底《そこ》ひも知《し》らぬ深淵《しんえん》は
憂愁《いうしう》の國《くに》、寂光土《じやくくわうど》、また譬《たと》ふべし、炫耀郷《げんえうきやう》。

墳塋《おくつき》にして、はた伽藍《がらん》、赫灼《かくしやく》として幽遠《いうゑん》の
大荒原《だいくわうげん》の縦横《たてよこ》を、あら、萬眼《まんがん》の魚鱗《うろくづ》や。

原詩は一行が十二音節から成るアレクサンドラン(十二音綴)であるが、上田敏はそれを七五七五の二十四音を一行とするかたちに訳している。あわせて原詩は行末で母韻の同じ音を用い、韻をふんでいるが、訳ではそれは反映されていない。

和歌(短歌)・俳句は一般的には「韻文」と呼ばれるが、実は必ずしも韻をふんでいない。したがって、日本語を使った文章として、「散文」と「韻文」とを分けていたのは、五拍七拍を基調とする「定型」を保っているかどうか、ということであった。

日本語以外の言語でつくられた、定型を備えた詩を日本語に翻訳する場合、その「定型」を五拍七拍を基調とする、これまで和歌で使用されてきた「定型」で受け止めるというのはまずは自然なことといえよう。そしてその五拍七拍が長く続くことによって詩が「単調」になった場合に、五拍七拍の一拍を増やしあるいは減らしすることによって、ひとまずの「定型」を保ちながら「単調」さを緩和するというのも自然であろう。

しかし日本語以外の言語でつくられた原詩がすでにあり、それを日本語で翻訳するとなれば、まずはすべての内容を日本語にうつさなければならない。そして、和歌で使われてきた和語語彙のみでは翻訳そのものが困難という事態にすぐに直面することになる。日本語とは異なる言語でつくられたということは、日本文化とは異なる文化圏でつくられたということであり、文化圏が異なれば、そもそも語彙体系が異なる。これが「翻訳」ということがらである。

近代以前の和歌においては、基本的に和語、それも和歌がとらえることがらを描写する限られた語のみが使われてきた。それではまかなえないということになれば、使用する和語の範囲を拡大することになる。まずは「書きことば」まで拡大するということであろうが、それでもまかなえなければ「話しことば」まで拡大することになる。そして、和語だけではまかなえないということになれば、漢語を使わなければならない。

しかしこの時期、詩的言語よりむしろ日常言語において「言＝話しことば」と「文＝書きことば」との距離をできるかぎりなくそうとする、いわゆる「言文一致」が一方では模索されていた。これは「書きことば」にかかわる動きであるが、結果としては「書きことば」の中に「話しことば」が入り込むということになる。そして当然その「書きことば」では漢語も使われている。そうなると、詩を翻訳するにあたっては、そうした日常的な書きことばとの「差」を確保する必要がでてくる。「定型」という「器」に入っていることによって、「散文」ではないことはわかるとしても、言語そのものによる「差」をどのようにして確保するかということが当該時期の苦心、模索であったと考える。

先に引いた「大饑餓」においては、「ワダノハラ」(=ひろびろとした海)や「タユタイ」(=ゆらゆら動いて定まらないこと)といった、和歌で使われてきた和語が使われている。前者は『古今和歌集』に使われ、後者は『万葉集』で使われている。その一方で、「シンエン(深淵)」「ユウシュウ(憂愁)」「ユウエン(幽遠)」といった漢語が使われている。これらの漢語は十六〜十七世紀には確実に使用されていた漢語である。

注目したいのは、和語「ウネリ」に「巻曲」という漢字列を、和語「タユタイ」に「揺蕩」という漢字列を、和語「オクツキ」(=墓)に「墳塋」という漢字列をあてていることである。漢字列「巻曲」は「ケンキョク」、漢字列「揺蕩」は「ヨウトウ」、漢字列「墳塋」は「フンエイ」という、古典中国語=古くからある漢語を書く漢字列である。

改めていうまでもないが、「ウネリ」を平仮名で「うねり」と書くのではなく、「ケンキョク」という漢語に使う漢字列「巻曲」を使って書くことによって、(その漢語を知っている人には、ということになるが)漢語「ケンキョク」を想起させる「二重表現」になるといってよいだろう。これは、和語をつらねていくことによって「読み手」が感じる「単調さ」を回避する

「方法」の一つ、さらにいえば「表現」の一つであったと考える。

白秋はこうしたことについてきわめて自覚的であったと推測する。『邪宗門』に収められた「凋落」の冒頭には「寂光土《じやくくわうど》、はたや、墳塋《おくつき》」とあり、「墳塋《おくつき》」がみえる。同じく「大饑餓」で使われていた「寂光土」という語も使われているし、後半では「寂寞」も使われている。テーマが似寄っていれば、同じような語が使われることは当然であるともいえるが、その一方で、『海潮音』の「到達」は北原白秋をはじめとする当該時期の人々に鮮明に記憶されていたとみることもできよう。とくに白秋についていえば、白秋の「心的辞書」は『海潮音』をはじめとして、自身が認めた作品に使われている語彙を次々にとりこみ、短時間で強化されていったのではないだろうか。

いま「心的辞書」という語を使ったが、これは言語学の用語で言語使用者各人の脳内に備わっていると仮定している「辞書」のことである。白秋はことば溢れる人であったと考えるが、溢れ出すのは「心的辞書」からであり、その「心的辞書」は日々強化され続けていたと思われる。

蒲原有明『春鳥集』 蒲原有明が詩壇で活躍した時期は、明治三十一(一八九八)年から明治四十一(一九〇八)年までの十一年間であった。明治三十五(一九〇二)年に第一詩集『草わかば』を刊行しているが、この詩集に収められている作品のほとんどが七五調四行詩として書かれている。翌明治三十六年には第二詩集『独絃哀歌《どくげん》』を刊行するが、作品は四七六調の十四行詩(ソネット形式)に仕立てられており、この形式は「独絃調」あるいは「哀歌調」と呼ばれるようになった。

明治三十八(一九〇五)年には象徴詩を多く収めた第三詩集『春鳥集《しゅんちょう》』を刊行するが、「鏽斧《さびおの》」と名づけられた口絵は青木繁が描き、山本鼎「彫刻」と記されている。

山本鼎は版画家で、「パンの会」の発起人にもなり、白秋の『邪宗門』の挿絵も描いている。『春鳥集』一二八、一二九ページには「海のさち」という詩が収められているが、これは青木繁の絵画作品「海のさち」を題材にしたもので、両ページの間には「海のさち」の写真版が置かれている。このように、この時期は詩と絵とがちかくにあった時期であることにも注目しておきたい。

明治四十一(一九〇八)年には第四詩集である『有明集』が刊行されるが、『有明集』は明治三十九年に刊行された薄田泣菫の『白羊宮』とともに、名詩集として名高い。『有明集』に収められている「朱のまだら」の二連までをあげてみよう。

日射《ひざ》しの
緑《みどり》ぞここちよき、
あやしや
並《な》みたち樹《こ》蔭路《かげみち》。

よろこび
あふるる、それか、君《きみ》、
彼方《かなた》を、
虚空《こくう》を夏《なつ》の雲《くも》。

一見して明らかなように、四四五調の二行を二つ並べて四行の一連を構成している。四四五調十三拍は七五調十二拍よりも一拍多いことになるが、十三拍を四四五に分けることによって、むしろ軽快なリズムをうみだしているといえよう。定型詩ということに沈潜した蒲原有明の到達といってよい。さらに『明星』明治四十(一九〇七)年十一月号に発表された「秋のこころ」の六行目までをあげてみよう。

黄《きば》みゆく木草《きぐさ》の薫《かを》り淡々《あは〱》と　　五七五
野《の》の原《はら》に、将《は》た水《みづ》の面《も》にただよひわたる　　七五七
秋《あき》の日《ひ》は、清《きよ》げの尼《あま》のおこなひや、　　五七五
懺悔《ざんげ》の壇《だん》の香《かう》の炉《ろ》に信《しん》の心《こゝろ》の　　七五七
香木《かうぼく》の髄《ずゐ》の膏《あぶら》を炷《た》き燻《く》ゆし、　　五七五
きらびやかなる打敷《うちしき》は夢《ゆめ》の解《とき》衣、　　七五七

右のように、五七五・七五七というかたちに整えられていることがわかる。五七五七七という和歌のリズムに慣れていれば、一行目の五七五から二行目の七への移りは和歌のリズムから自然なものとなる。しかし五七五七までできた二行目は七で閉じられるのではなく、また五に連なり、またその五を起点として二行目の五七へ、その七は三行目の五へと自然に連なっていく。あるいは「茉莉花」では「咽《むせ》び嘆《なげ》かふわが胸《むね》の曇《くも》り物憂《ものう》き／紗《しゃ》の帳《とばり》しなめきかかげ、かがやかに、」と七五七・五七五というかたちを採る。

島崎藤村の「初恋」が「まだあげ初《そ》めし前髪の／林檎《りんご》のもとに見えしとき／前にさしたる花《はな》

櫛《ぐし》の／花ある君と思ひけり」という七五調、あるいは五七調を基調とし、それに少しの「変調」を交えていることと対照すれば、有明の辿り着いた「定型」の複雑さが実感できよう。白秋は昭和八（一九三三）年に出版した『明治大正詩史概観』（改造社）において、「『春鳥集』は傑れた詩集であつた。而して一層に有明の地位を確たる耀かな星座の高処に据ゑた」と述べている。

『明星』終刊

明治四十一（一九〇八）年二月号『明星』の消息欄には吉井勇、北原白秋、太田正雄（木下杢太郎）らが『明星』を離れることが発表されている。いわゆる「連袂《れんぺい》脱退事件」であるが、その十一月に満百号を刊行したところで、主宰者である与謝野鉄幹は『明星』を廃刊する。明治四十（一九〇七）年九月には雑誌『詩人』第四号に、川路柳虹《かわじりゅうこう》の「塵溜《はきだめ》」以下四篇の口語自由詩が発表されており、『詩人』第七号には森川葵村《きそん》の「言文一致詩」、『早稲田文学』一九〇七年六月号には、片上天弦《てんげん》（片上伸《のぶる》）の「詩歌の根本疑」が発表され、新しい詩を求める動きが起こっていた。

塵溜

隣の家の穀倉《こめぐら》の裏手《うらて》に
臭《くさ》い塵溜《はきだめ》が蒸《む》されたにほひ、

塵溜《はきだめ》のうちのわな〳〵
いろいろの芥《ごもく》のくさみ、
梅雨晴《ば》れの夕をながれ
漂つて、空はかつかと爛《ただ》れてる。

本章でみてきたように、西洋の、形式を備えた詩にであい、なんとかそうした「詩」を日本語によってうみだそうとした時に、さまざまなことから韻をふみにくい日本語を使うにあたり、「形式」は「定型」に求めるしかなかった。「定型」を、まずは伝統的な五拍七拍に求めることになったことは自然であり、次第に五拍七拍の「変調」を求め、「器」は練られていった。「器」がそうであれば、「話しことば」というよりは「書きことば」＝文語を基調としたこともまた自然であったと考える。しかしそうした「文語定型詩」という「器」に飽き足らなくなった時に、「文語」に対しての「口語」、「定型詩」に対しての「自由詩＝非定型詩」という新たな「器」が準備されたことも、また自然であったといえよう。

先に引いた川路柳虹の「塵溜」はいわばそのもっとも極端な発露といってよい。それは、散文と同じように、どのような「内容」でも詩になるのだという「宣言」であり、「文語定型詩」

のカウンターバランス(平衡錘り)となったようにみえる。

このような動きが起こった結果、「文語定型詩」の到達点を示した『有明集』は「口語自由詩」を模索していた人々から批判されることになった。その批判について蒲原有明自身が次のように記している。

『有明集』への批判

「有明集」出版後は、わたくしの詩風に対する非難が甚しく起りつゝあつた。要するに新時代がまた別働隊を組んでこゝもとに迫つて来たのである。わたくし如きものが苦しんで一の詩風を建てゝから未だ幾年も過ぎてはゐない。さう思つて、その当時の詩壇の狭量さに驚くよりも、全くいはれなき屈辱を蒙らされたものと推測したのである。口語体自由詩に対しても強ちにこれを排撃してはゐなかつた。わたくしにしても素より因習に反撥して起つたものである。然るにわたくしは図らずも邪魔扱ひにされたのである。謂はば秀才達の面白半分の血祭に挙げられたといつてよい。

(『飛雲抄』)

「有明集」は新主張に対する牲《いけにへ》に上げられた観を呈した。今思ふと「有明集」は不思議にも時代の思想の転機の上に立たされたものである。わたくしはそれを悔むものでは決してない。わたくしは今日その打撃の恩を寧ろ感謝せねばならぬと思つてゐるのであるが、その当時わたくしは生死の大患に罹り、その後五六年に亘つて、肉体の衰弱と共に精神上には自暴自棄的の苦悩を経験したのである。

（『有明詩集』自註）

白秋はこうした「批判」について、『明治大正詩史概観』において、『文庫』明治四十一（一九〇八）年二月一日号に載せられた人見東明《ひとみとうめい》らの合評を引きながら、次のように述べ、こうした「批判」を「暴評」ととらえている。

美しい夢だ、夢幻だ。花の香を嗅ぐやうな非現実感だ、創作動機も空想的憧憬にあつて、強ひて象徴の香気を絞つたものだ、技巧の為めの技巧だ、近代的でない、痛切でない。かうした暴評の喧騒であつた。

韻律を備えた定型詩である西洋の詩を受け入れるにあたって、まずは伝統的な五七調を基調として「定型」を保つことが選択された。だが、五七調を基調としたことの「必然」として「文語＝書きことば」が選択され、結局は「文語定型詩」という形式によって西洋の詩を受け入れようとしたことは、古い「器」になんとかして新しい物を盛ろうとしているという意味合いにおいて、「倒錯的」であったともいえよう。「倒錯的」であってみれば、いずれは成り立たなくなることも自然なことといえよう。

ここでいう詩が「痛切でない」とはどのようなことだろうか。つまりは切実な「内容」をうたっていないということであろう。それは「器」=形式についての謂いではなく「内容」についての謂いであったはずで、この時期の「論争」は論点が定まっていない、と感じることが少なくない。

明治三十八(一九〇五)年からの十年間程は日本にとって「変化」の時期であったともいえよう。明治三十八年に日露戦争は終結し、ポーツマス条約が締結される。明治三十年代半ばに西欧の自然主義思潮が日本にもたらされ、明治四十年代にかけて自然主義が文壇の主流をしめる。大正三(一九一四)年に刊行された高村光太郎『道程』をもって口語自由詩の確立とみるのであれば、それまでの期間が、北原白秋と三木露風《ろふう》とによる「文語自由詩」の時期、「白露時代」ということになる。

第三章 『邪宗門』——言葉のサラド

かの青き花をたづねて、
ああ、またもわれはあえかに
人《ひと》の世《よ》の
旅路《たびぢ》に迷《まよ》ふ。

（『邪宗門』「青き花」）

『邪宗門』より
太田正雄（木下杢太郎）の，明治 41 年 7 月 21 日の私信にあった絵を挿絵としたもの

与謝野鉄幹は、伝統的な和歌の革新を目指し、明治三十二（一八九九）年十一月十一日に詩歌結社、東京新詩社を結成する。翌明治三十三年四月には機関誌『明星』を創刊する。『明星』は明治中期から後期にかけての浪漫《ろまん》主義の母体として詩歌壇に中心的な位置を占める。

「五足の靴」の頃

しかし、明治三十年半ば以降は自然主義文学が台頭し、明治四十年頃には『明星』の位置もゆらぎ始めていた。それを巻き返すための方策として、明治四十年の夏に、九州講演旅行が企画された。参加者は、与謝野鉄幹の他には、吉井勇、平野万里、北原白秋、木下杢太郎ら四人であったが、彼らはまだ大学生であった。講演は行なわれていないと思われるが、毎日『東京二六新聞』にリレー式に通信を送り、それが「五足の靴」という題のもとに掲載されていた。北原白秋はこの時のことを『明治大正詩史概観』において次のように述べている。

四十年の夏、新詩社同人の寛、万里、勇、正雄、白秋は九州旅行の途次長崎に一泊し、天草に渡り、大江村のカトリックの寺院に目の青い教父《パアテル》と語つた。この旅行から何を彼等は齎らしたか。浪漫的のほしいままな夢想者であつた新人、彼等は我ならぬ現実ならぬ空を空とし、旅を旅として陶酔した。中にも北原白秋は「天草雅歌《あまくさがか》」を、邪宗の「鵠《くぐひ》」を、正雄は「黒船」を、また「長崎ぶり」を、その阿蘭陀船の朱の幻想の帆と載せて、ほほういほほういと帰つて来た。

図3　現在の大江教会(筆者撮影)

「ほほういほほういと」はいかにも白秋らしい表現で、白秋のつくった小唄の中にでも使われていそうな表現であるが、白秋の「天草雅歌」と名づけられた詩群から「ただ秘めよ」の第一連を、また、木下杢太郎の「黒船」をあげておこう。

　　ただ秘めよ
曰《い》ひけるは、
あな、わが少女《をとめ》、
天艸《あまくさ》の蜜《みつ》の少女《をとめ》よ。

汝《な》が髪は烏《からす》のごとく、
汝《な》が唇《くち》は木《こ》の実《み》の紅《あけ》に没薬《もつやく》の汁滴《しゆしたた》らす。
わが鴿《はと》よ、わが友よ、いざともに擁《いだ》かまし。
薫濃《くゆりこ》き葡萄の酒は
玻璃《ぎやまん》の壺《つぼ》に盛《も》るべく、
もたらしし麝香《じやかう》の臍《ほぞ》は
汝《な》が肌の百合に染めてむ。

黒船

人《ひと》も来《こ》よ、異船《あやしぶね》くる、
いとくろく、烏《からす》に似《に》たる。
あら笑止《せうし》、船《ふね》なる人《ひと》も
皆黒《みなくろ》し、帽《ばう》も袴《はかま》も。

このあまき葡萄《ぶだう》の島《しま》に、

無花果《いちじゆく》の歓《ゑら》げる丘《をか》に、
何見《なにみ》ると千里鏡《とほめがね》見《み》る。
懐疑《うたがひ》の北国人《ほくこくびと》は。

『邪宗門』の刊行

明治十五（一八八二）年に『新体詩抄』が刊行され、明治四十二（一九〇九）年には白秋の『邪宗門』が刊行される。両者の刊行には二十八年の間隔がある。この二十八年間をみわたすことができる位置に立ってみれば、『新体詩抄』→島崎藤村の「浪漫詩」→薄田泣菫、蒲原有明の「象徴詩」→北原白秋の『邪宗門』という象徴詩の枠としての「流れ」がみえてくる。そしてそのように説明するのが一般的といってよい。

先に述べたように、『邪宗門』は明治四十二年に出版されるが、そこに収められた作品の多くは明治四十一年に発表され、書かれている。同じ年に『思ひ出』の抒情小曲二十五篇も書かれている。ということは、白秋は『思ひ出』を先に出版することもできた。しかしそうはせずに、『邪宗門』を自身の第一詩集として（先に）出版した。これを「自己演出」（『白秋全集』月報1）とみる詩人三木卓の感覚は首肯できる。白秋は自ら、『邪宗門』を自身のスタート地点に置いた。

図4 『邪宗門』より，柏亭のエクスリブリス

『邪宗門』は表紙をあけると、石井柏亭《はくてい》のエクスリブリス(＝蔵書票、図4)をデザインしたものがまず置かれ、次には「父上に献ぐ」という献辞があり、その裏には「父上、父上ははじめ望み給はざりしかども、／児は遂にその生れたるところにあこがれ／て、わかき日をかくは歌ひつづけ候ひぬ。／もはやおもはや咎め給はざるべし」とあり、次のページには「邪宗門扉銘」がある。その裏ページには北原白秋の『邪宗門』に寄せることばが記されている。

詩の生命は暗示にして単なる事象の説明には非ず。かの筆にも言語にも言ひ尽し難き情趣の限なき振動のうちに幽かなる心霊の欷歔をたづね、縹渺たる音楽の愉楽に憧がれて自己観想の悲哀に誇る、これわが象徴の本旨に非ずや。されば我らは神秘を尚び、夢幻を歓び、そが腐爛したる頽唐の紅を慕ふ。哀れ、我ら近代邪宗門の徒が夢寝にも忘れ難きは青白き月光のもとに欷歔く大理石の嗟嘆也。暗紅にうち濁りたる埃及の濃霧に苦しめるスフインクスの瞳也。あるはまた落日のなかに笑へるロマンチツシュの音楽と幼児磔殺の前後に起る心状の悲しき叫也。かの黄臘の腐れたる絶間なき痙攣と、ギオロンの三の絃を擦る嗅覚と、曇硝子にうち噎ぶウキスキイの鋭き神経と、人間の脳髄の色したる毒艸の匂深きためいきと、官能の魔睡の中に疲れ歌ふ鶯の哀愁もさることながら、仄かなる角笛の音に逃れ入る緋の天鵝絨の手触の棄て難さよ。

右の白秋の言説は、『邪宗門』に記されているのだから、『邪宗門』についての言説とみるのが自然である。だが筆者は、この言説には、『邪宗門』のみにとどまらない、ひろく白秋の「詩観」ともいうべきものが語られていると考える。

筆者は冒頭の「詩の生命は暗示にして単なる事象の説明には非ず」に着目したい。これは詩一般、すなわち「詩的言語」すべてについての白秋の認識とよみたい。そして「わが象徴」と限定された「白秋の象徴」は『邪宗門』以後のものも含めた白秋の詩作品すべてを覆うものであったとみたい。そのキー・ワードは「情趣の限なき振動」「幽かなる心霊の欷歔」「縹渺たる音楽の愉楽」「自己観想の悲哀」であって、とりわけ最後の「自己観想の悲哀」は、白秋がさまざまな自己の経験から蓄積している「イメージ」、その「イメージ」から折々よみがえる

「悲哀」(あるいは「愉楽」)の謂いで、これが白秋のすべての詩作品の底に流れているのではないだろうか。そうした「悲哀」(や「愉楽」)を喚起する「イメージ」は白秋が個として蓄積したものであるから、基本的には白秋のものであるが、そうしたもののなかには当然、一般性をもち、多くの人に共有されているものもあるはずで、それが「読み手」に働きかけるのではないだろうか。白秋の詩作品にふれて感じる「悲しさ」はそうした「悲しさ」で、白秋が多くの人に受け入れられているのは、共有されている「イメージ」をさまざまなかたちで「詩的言語」にこめているからではないだろうか。

杢太郎という補助線

白秋自身の言説にも補強されて、『邪宗門』が象徴詩集ととらえられてきたことはもちろん間違っていない。しかしそれは、先にふれたような近代詩の「流れ」のなかで、増幅されてアウトプットされた「象徴」で、増幅のいわば「装置」として働いたのがいわゆる「南蛮《なんばん》趣味」であったと考える。

こうした点を批判的にとらえる批評もあった。例えば村野四郎は「このように当てどない情緒を詩の唯一のモチーフとするかぎり、その象徴的な幻想はさらに幻想をよんでとどまるところを知らない。情緒は主知(論理)と異なり、そこにはどんな完結性もないからである」「この詩集の巻頭詩「邪宗門秘曲」にしても、そこには主知的で論理的な完結性が欠けているから、語彙《ごい》と幻想のつづくかぎり、その名詞の列は無限につづくのである」(日本近代文学大系28『北原白秋集』)と述べる。この言説は、「今、(白秋の)詩作品をどうよむか」というさらなる大きな問いにつながっていくことで、本書のテーマともかかわる。ここでは木下杢太郎の言説を引用してみよう。

「邪宗門」の詩は主として暗示《サジエスシヨン》の詩である。感覚及び単一感情の配調である。故に其技巧は直ちに十九世紀後半の仏国印象画派、殊に、新印象派《ネオインプレツシヨニスト》、即ち点彩画派《ポエンチリスト》の常套の手法を回想せしめるのである。殊に、此作者が視官を用ふることが尤も多いことに依つて一層其然るのを覚える。仏国の彼の派に於て、其絵画が思想でも、形式でも、理想でも、情熱でも、想像でも三次の物象の再現でもなくて、単に光線《エエテル》の振動、原色の配整であつたやうに「邪宗門」も亦哲学でも系統的人生観でも、「悪の華」でも、現実暴露でもなくて、単に簡単なる心象《しんざう》及び感情の複雑なる配列である。固より心象、感情は作者にアグリアブルであるといふ条件のもとに整へられて居るけれども、決して一定の狭い思想や偏した主張傾向を説く為めに使役せられては居ない。作者は自然から其好む元素を選び来つて、詩章に織つて読者の前に開展した。而してそれ以上何等の説明を為やうとは欲しない。唯朧げなるものを暗示するのみである。故に読者は各自の聯想作用を此織物に結び付けなくてはならぬ。故に此詩は静的《スタチカル》でなくて動的《ヂナミカル》である。読者の聯想作用の如何によつて、尚且、能く其内容を変ずるものである。読者の聯想的内容が豊富にして、能く作者自個の聯想作用を蔽ふ底の人が尤も能く此詩を解する階級である。(中略)独り人間の想像力が「邪宗門」から生きた詩を作り出すのである。故に「邪宗門」は一方に未完の詩の集であるといつて可い。

(『木下杢太郎全集』第七巻〈一九八一年、岩波書店〉「詩集「邪宗門」を評す」)

そして北原白秋君、長田秀雄君の家などに集り夜は鴻の巣といふ小さい西洋料理屋などに行き、ひるまのうちに読んだものを醱酵させて家にかへつて詩に作りました。然しわたくしは寧ろ材料を集める方で、どうもうまくそれが詩に醱酵しませんでしたが、北原白秋君はそんな語彙を不思議な織物に織り上げました。白秋君の詩には思想的聯絡がなく、所謂言葉のサラドといふもので、我々は之を刺繡の裏面の紋様にたとへました。

(『木下杢太郎全集』第十八巻〈一九八三年、岩波書店〉「明治末年の南蛮文学」)

木下杢太郎という「補助線」を引くことによって、北原白秋が鮮明になってくる。右の杢太郎の言説中では、「読者は各自の聯想作用を此織物に結び付けなくてはならぬ」という箇所に注目しておきたい。

「聯想作用」を筆者のいうところの「イメージ」に置き換えさせてもらえるならば、白秋が「開展」した自身の「イメージ」に基づいて織り上げられている「織物」としての『邪宗門』(＝詩作品)を読み解くためには、読者は自身が蓄積している「イメージ」をそこに重ね合わせてみるしかない。白秋が蓄積している「イメージ」も白秋固有のものであり、また読者が蓄積している「イメージ」も読者に固有なものである以上、詩の「よみ」には幅があり、そうした意味合いにおいて、読者の前に置かれている詩作品はこうよまなければならないという「静的」なものではなく、さまざまな可能性を含む「動的」なものということになり、それを「内容」という表現を使って説明するならば、「内容を変ずる」＝内容が変わるということになる。「独り人間の想像力」のみが『邪宗門』を読み解くのであるとすれば、想像力のない人間にはついに『邪宗門』を読み解くことができない。そうした人間にとっては『邪宗門』は永遠に未完のままであることになる。想像力をもった人間のみが、自己の「千一夜」として『邪宗門』を完結させることができる。

「言葉のサラド」とは何か

ついで「言葉のサラド」について説明しておこう。「サラド」は「サラダ」であろうが、「言葉のサラダ(word salad)」とは、精神医学の用語で、統合失調症などにおいて、言語運用能力が正則でない場合にみられる、文法は守られているが文意が不分明な文、語を羅列しただけの文のことを指す。医学者でもあった木下杢太郎は、そうした学術用語にふれており、それを使って『邪宗門』の詩を説明したものと思われる。

木下杢太郎が「現代のあらゆる方面の苦患、欲情、妄念、怨恨に触れ」ることを、芸術家に要求しているのは、結局はこうしたものこそが「思想」であるとみなす「みかた」に起因するものであった。そしてそういうものが白秋にはない、と杢太郎は述べた。芸術作品にはそうした意味合いの「思想(内容)」がなければならないという「みかた」は現代にまで尾を曳いているのではないだろうか。

たとえば歌人の岩田正は「白秋の歌と韻律」(『白秋全集』月報19)において、「歌にあまりかかわりのない、他の文学ジャンルの人の短歌評には、時折、韻律と抒情の綜合的な把握が無視され、主として意味内容の上からの把握に傾きやすい、という点があるようだ。むろん自ら歌を作るすぐれたうたびとでも、他のすぐれた歌に対して、無理解を示す場合がすくなくない」と述べている。観点は異なるが、ここでも「意味内容」のみから歌をとらえることへの危惧が表明されている。この言説に否やはないが、しかしその一方で、では短歌における「韻律」とはどのようなことがらを指しているか、その「韻律と抒情の綜合的な把握」とはどういうことか、と改めて問うとなれば、それが明確に述べられているわけではない、という点に二重の「わかりにくさ」がこめられているともいえよう。

岩田正は斎藤茂吉を引き合いにだし、茂吉が「なんの変哲もない日常を腕力で、一つの哲学性を暗示するところにまでたかめた」のに対して、白秋は「あまり気品の高くないある人間の動作を、韻律の力によって軽みのもつ風情として定着させた」点こそが白秋の真にすぐれた点であると述べ、「白秋独自の韻律、ここに着目し、ここを追求しないかぎり、白秋の短歌はその真の姿をあらわすことはないのではないか」と文章を結ぶ。

だがこの「軽みのもつ風情」(あるいは「軽みをもつ風情」の誤植か)を日夏耿之介は「軽浮な衒気」と退けた。一方、小説家後藤明生は「わたしの白秋体験」(『白秋全集』月報21)において、白秋の「詩のデカダンス、耽美と共存している「道化」を忘れてはならないと思う。意識した「仮面」としての「道化」ではなく、深層の、どうしようもない「影」としての「道化」「笑い」である。太い眉毛、鼻ひげ、やや厚めの唇」は「異国の道化のようにも見えるのである」

と述べている。

「指向」は結局はどのような語を使って言語化するかということであり、白秋自身は『芸術の円光』において、「詩の表現は一に言葉を以てする」「詩に於ては内容即形式である。一にして不離である」と述べている。

犀星と朔太郎と

同年生まれの木下杢太郎(一八八五〜一九四五)が、白秋(一八八五〜一九四二)とともに歩いた「補助線」であるとすれば、白秋が詩人として認め、評価した萩原朔太郎(一八八六〜一九四二)と室生犀星《さいせい》(一八八九〜一九六二)とは弟子としての「補助線」ということになる。伊藤信吉は『萩原朔太郎Ⅰ 浪曼的に』(一九七六年、北洋社)において、白秋、犀星、朔太郎の交流は「切実な意味を持つ詩的体験であり、その詩的交友が何よりも浪曼的情熱の触れ合いとして、次代のあたらしい抒情につながる」と指摘している。

ここでは室生犀星が『邪宗門』をどのように受けとめたかを、『我が愛する詩人の伝記』(一九五八年、中央公論社)から引用してみよう。

処女詩集『邪宗門』をひらいて読んでも、ちんぷんかんぷん何を表象してあるのか解らなかった。南蛮風な好みとか幻想とか、邪宗キリスト教に幻妖な秘密の匂いを嗅ぎ出そうとしても、泥くさい田舎の青書生の学問では解るはずがなく、私は菓子折のような石井柏亭装幀の美しい詩集をなでさすって、解らないまま解る顔をして読んでいた。ただうろ覚えにわかることは、活字というものがこんなに美しく巧みに行を組み、あたらしい言葉となって、眼の前にキラキラして来る閃めきを持つこともあるということであった。こんなに活字が私の好みとうまく融け合って現われていることで、私はたいへんな物を読んでいるのだと思った。この北原白秋という人は自分の頭の中で一遍活字をならべて見て、それがどのように本の中に刷られるかを、ちゃんと見とどけている人だ、そこに驚きと訓えとを詩はまるで解らないままで読みながら、そんな変なものを受け取ったのである。(中略)

明治四十四年の五月に第二詩集『思ひ出』が、自費出版ではなく美しい装本となって、その時代のはなやかな詩歌集出版元である東雲堂という書店から出版された。『思ひ出』一巻にあふれた抒情詩はすべて女の子に、呼吸をひそめて物言うような世にもあえかな詩情からなり立っていて、島崎藤村、薄田泣菫、横瀬夜雨、伊良子清白、河井酔茗、与謝野晶子らの詩境から、ずっと抜け出した秀才の詩集であった。

私は『思ひ出』から何かの言葉を盗み出すことに、眼をはなさなかった。詩というものはうまい詩からそのことばのつかみ方を盗まなければならない、これは詩ばかりではなくどんな文学でも、それを勉強する人間にとっては、はじめは盗まなければならない約束ごとがあるものだ。『思ひ出』の詩がすぐ盗めないのは、白秋が発見したり造語したりしているあたらしい言葉が溢れていて、それが今まで私の読んだものに一つも読み得なかったことである。ただ私が学ぶことの出来たのは、女への哀慕の情というものがこのように寄り添うて、草木山河、日常茶飯事をもうたうものであるということであった。

引用が長くなったが、後に萩原朔太郎、大手拓次とともに「白秋の三羽烏」と呼ばれるようになった室生犀星の言説はやはり興味深い「補助線」といってよい。

「ちんぷんかんぷん」といわばあっけらかんと述べていることは驚きでもあり、ほほえましいともいえようが、「北原白秋という人は自分の頭の中で一遍活字をならべて見て、それがどのように本の中に刷られるかを、ちゃんと見とどけている」といわば喝破していることには驚く。白秋が『邪宗門』の印刷についてさまざまに具体的な指示をしていることが研究史のなかですでに指摘されているが、室生犀星は「現われの美しさ」にまず目をとめた。

そして『思ひ出』については「女への哀慕の情」を感じたことを述べる。具体的にはそう感じることもあろうが、むしろ女性に限定されない「哀慕の情」、対象に寄り添うような情感と言い換えることができるのではないか。

詩人の高橋順子は白秋の『白金之独楽《はっきんのこま》』と萩原朔太郎の『月に吠える』とを対照し、「萩原朔太郎の『月に吠える』の中の幾篇かが、陰画のようにしてこの詩集(引用者補：『白金之独楽』のこと)に添ってゆくのを覚えて、どきどきしてしまった」「朔太郎の中に感嘆符とともにしまい込まれた白秋の語彙が、新しい血と肉とを得て動きだしたというべきだろう」と述べ、両者の詩集が「根の部分では深い「交感」に満ちていたらしい。それは羨ましいような交感だったと思う」(『白金之独楽』と『月に吠える』」『白秋全集』月報30)と述べている。白秋が「気配の詩人」であるとすれば、その「気配」を確実に感じとることができる／できたのは、詩をつくる人であったかもしれない。そういう意味合いでは、室生犀星や萩原朔太郎を「補助線」として白秋をよむ、あるいは逆に白秋を「補助線」として犀星や朔太郎(や大手拓次)をよむということが試みとしてなされてもよいと思う。

「車の両輪」

『邪宗門』は版を重ね、明治四十四(一九一一)年には東雲堂書店から再版が定価八十五銭で刊行され、さらに大正五(一九一六)年七月一日には、同じ東雲堂書店から定価一円で、改訂三版が刊行されている。「三版例言」には「這回は予自ら聊か意匠を加へたり」とあって、白秋自ら装幀にあたったことが窺われる。この改訂三版の「本文」が大正十とになった。

（一九二一）年一月一日にアルスから刊行された『白秋詩集』第二巻に収められて、広通するこ

改訂三版が出版された大正五年には、明治四十四年六月に出版された『思ひ出』も「十版の余を越え」（「三版例言」）ており、白秋も『邪宗門』初版が出版された明治四十二年から大正五年ぐらいまでを聊かの感慨とともに振り返る余裕がでていたと覚しい。「三版例言」の中では、『思ひ出』を『邪宗門』の「一分身たる抒情小曲集」と呼び、「彼を思ひ是を思へば、そぞろに今昔の感に堪へず」と述べている。

また『邪宗門』と『思ひ出』とについて次のように述べていることには注目しておきたい。

之等（引用者補：『邪宗門』と『思ひ出』とをさす）は恰も車の両輪の如く、両々相俟ちて、初めて、予が初期芸術の色調を完全に代表するものなれば、何れも棄て難し。今、前者を劇しき外交派の絵画と見る時は後者はそのかげに幽かに顫へるテレピン油の潤りにも譬ふべきか。またこれらの音楽には狂ほしき近代の管絃楽を慄かせたれども、彼には仄かなる薄明のハアモニカか、ただしは葱の畑にかくれて吹く銀笛のなげきにも似て、少年の心覚束なくもうち顫へり。然れば、その半面をのみ見て全部とし、直ちにその詩風傾向を速断せ

らるる如きは著者の極めて遺憾とするところなり。此事は既に「思ひ出」の序に於ても云へり。

「外交派」はあるいは「外光派」の誤植か。いずれにしても、白秋は『邪宗門』と『思ひ出』とを「車の両輪」と呼んでいることはおさえておきたい。

ここでは『邪宗門』に収められている「朱の伴奏」の冒頭に置かれている「謀叛」をとりあげてみることにする。「謀叛」は『新思潮』第四号(明治四十一年一月一日)に、薄田泣菫、蒲原有明の作品と並ぶようにして載せられている。

詩をよむ ——「謀叛」

謀叛

ひと日、わが精舎《しやうじや》の庭《には》に、
晩秋《おそあき》の静かなる落日《いりひ》のなかに、
あはれ、また、薄黄《うすぎ》なる噴水《ふきあげ》の吐息《といき》のなかに、
いとほのにギオロンの、その絃《いと》の、
その夢の、哀愁《かなしみ》の、いとほのにうれひ泣《な》く。

蠟《らふ》の火と懺悔《ざんげ》のくゆり
ほのぼのと、廊《らう》いづる白き衣《ころも》は
夕暮《ゆふぐれ》に言《もの》もなき修道女《しうだうめ》の長き一列《ひとつら》。
さあれ、いま、ギオロンの、くるしみの、
刺《さ》すがごと火の酒の、その絃《いと》のいたみ泣く。

またあれば落日《いりひ》の色《いろ》に、
夢燃《も》ゆる噴水《ふきあげ》の吐息《といき》のなかに、
さらになほ歌もなき白鳥《しらとり》の愁《うれひ》のもとに、
いと強き硝薬《せうやく》の、黒き火の、
地の底の導火《みちびや》燬き、ギオロンぞ狂ひ泣く。

跳《をど》り来《く》る車輛《しやりやう》の響《ひびき》、
毒《どく》の弾丸《たま》、血《ち》の烟《けむり》、閃《ひら》めく刃《やいば》、

あはれ、驚破《すは》、火とならむ、噴水《ふきあげ》も、精舎《しやうじや》も、空も。
紅《くれなゐ》の、戦慄《わななき》の、その極《はて》の
瞬間《たまゆら》の叫喚《さけび》燬《や》き、ギオロンぞ盲《めし》ひたる。

「朱の伴奏」という中扉の裏ページには次のようにある。

凡て情緒也。静かなる精舎の庭にほのめきいでて紅の戦慄に盲ひたるギオロンの響はわが内心の旋律にして、赤き絶叫のなかにほのかに啼けるこほろぎの音はこれ亦わが情緒の一絃によりて密かに奏でらるる愁也。なげかひ也。その他おほむね之に倣ふ。

先に引用した「三版例言」では『邪宗門』と『思ひ出』とを「車の両輪」と呼んでいるが、右の引用の表現を考え併せてみれば、「紅の戦慄」「赤き絶叫」は『邪宗門』を、「盲ひたるギ

図5 『思ひ出』表紙

オロンの響」「ほのかに啼けるこほろぎの音」「密かに奏でらるる愁」「なげかひ」は『思ひ出』を象徴する表現とみてよいのではないだろうか。

「ナゲカイ」をたどる

『邪宗門』は目に鮮やかな赤のクロスを表紙としており、一方、『思ひ出』は本のサイズは縦一五・一センチメートル、横九・八センチメートルの菊半截《きくはんさい》判、丸背で、現在の文庫本のサイズぐらいの大きさである。『思ひ出』というとトランプのダイヤのクイーンの図柄を思い浮かべる方も少なくないだろうが(図5)、それは表紙で、表紙の上には布目のクリーム色紙のカバーがかかっている。カバーには朱刷りで「思ひ出」とあり、その上部には「抒情小曲集」、下部には「北原白秋」と黒字で印刷されている。

『思ひ出』について、室生犀星が「女の子に、呼吸をひそめて物言うような世にもあえかな詩情からなり立ってい」ると述べたことを先に紹介したが、言い得て妙、「抒情小曲集とは何か」と問われたらこのように答えればよいと考える。「あえかな詩情」は「ほのかに啼けるこほろぎの音」であり「密かに奏でらるる愁」であり「なげかひ」である。

ところで、この「ナゲカヒ」とはどういう意味だろうか。『日本国語大辞典』第二版は「ナゲカウ」を「動詞「なげく(嘆)」の未然形に反復・継続を表わす助動詞「ふ」の付いたもの」で語義は「いつもため息をついている。なげき続ける」と説明している。

動詞「ナゲカフ(ナゲカウ)」は『万葉集』にもみられるが、この動詞の連用形が名詞化したものが「ナゲカイ」だとすれば、その語義は「いつもついているため息」のようないささか変わった語義になってしまうだろう。だが『日本国語大辞典』第二版は「ナゲカウ」のもつ「継続」の意味合いをことさらに強調はせず、「ナゲカイ」の語義を「ため息をつくこと。また、なげき。嘆息」と説明し、使用例として『海潮音』の「人と海」、『邪宗門』の「曇日」をあげている。「曇日」の第五連を次に掲げるが、ここでは「ナゲカヒ」が漢字列「嗟嘆」と結びついている。

もの甘《あま》き風のまた生《なま》あたたかさ、
猥《みだ》らなる獣《けもの》らの囲内《かこひ》のあゆみ、
のろのろと枝《え》に下《さが》るなまけもの、あるは、貧《まづ》しく
眼《め》を据《す》ゑて毛《け》虫啄《むしつ》む嗟嘆《なげかひ》のほろほろ鳥《てう》よ。

『海潮音』の「人と海」には次のようにある。

心《こゝろ》もともに、はためきて、潮騒《しほざゐ》高《たか》く湧《わ》くならむ、
寄《よ》せてはかへす波《なみ》の音《おと》の、物狂《ものくる》ほしき歎息《なげかひ》に。

『邪宗門』において、「ナゲカヒ」は先に引用した「朱の伴奏」の他に、「接吻の時」「ふえのね」「狂人の音楽」「噴水の印象」「顔の印象六篇」(醋《す》の甕《かめ》)で一回ずつ、「樅のふたもと」で六回、合計十一回(すべてで十二回)使われている。

「接吻の時」では「なげかひ」は動詞、他十例は名詞として使われている。しかし、動詞として使われている「なげかひ」の語義にも「継続」の意味合いは(積極的には)認めにくい。名詞「なげかひ」も同様で、これらの「なげかひ」の語義は「ナゲキ(歎)」のそれと変わらないとみることができる。先ほどみたように、動詞「ナゲカフ」は動詞「ナゲク」に継続を表わす助動詞「フ」がついたもので、そうであれば動詞「ナゲク」との「差」はその継続にあったはずだ。しかし、白秋は(おそらく上田敏も)「ナゲク」と等しい語義で「ナゲカフ」を使っている

と覚しい。まったく新しい語や複合語ではないという点において、このように使われた「ナゲカフ／ナゲカヒ」を造語とはいいにくい。しかし、「あからさまな造語」ではないにしてもいわば「あえかな造語」とみることはできよう。

室生犀星は『邪宗門』に収められた詩作品について、「ちんぷんかんぷん」と正直に述べた。それは犀星が、白秋の詩作品に真摯に向き合い、「何かの言葉を盗み出すことに、眼をはなさなかった」からであり、それゆえに「白秋が発見したり造語したりしているあたらしい言葉が溢れていて、それが今まで私の読んだものに一つも読み得なかった」ことに気づき、驚いたのではないだろうか。「ナゲカヒ」という語が『万葉集』に使われていること、しかしそれとは異なる語義で上田敏と白秋はこの語を使っていること、それをおさえておくことは、犀星と同様の姿勢で詩作品を「よむ」ということではないか。

例えば「ふえのね」にある「内と外とのなげかひ」という表現について「「笛のね」を受けその内容を説明したもので、あの内と外との嘆かいが、の意」(日本近代文学大系28『北原白秋集』一〇八ページ頭注)とあっても、「なげかひ」は説明文中にもそのまま「嘆かい」とあって、この語については説明がない。そもそも「内と外とのなげかひ」とはどういうことか、ということがある。しかし、右のように「なげかひ」を並べてみると、少しヒントはありそうだ。

「接吻の時」には「星はなげかひ」とある。だから「星のなげかひ」というものがありそうだ。一方「狂人の音楽」には「アルト歌者《うたひ》のなげかひ」とある。外と内ということでいえば、前者が「外のなげかひ」で後者が「内のなげかひ」ではないか。「醋の甕」には「外面《とのも》なる嗟嘆《なげかひ》」とあり、やはり内と外とに「なげかひ」がある、というのが白秋の感覚なのだろう。「ふえのね」には「かなたにひびく笛のね」と「室《むろ》にもつのるふえのね」という表現がある。「かなたにひびく笛のね」は実際に響いているかどうかは措くとして、室外から聞こえてくる「ふえのね」にも「なげかひ」の気分があり、それと呼応するように「室《むろ》にもつのるふえのね」が自身の体内、脳内に響く。それが「内と外とのなげかひ」ではないだろうか。白秋は自身の外部の「なげかひ」、自身の内部の「なげかひ」が聞こえる人だったといえよう。そうしたあえかに響く「なげかひ」を聞きとるということを犀星は「女の子に、呼吸をひそめて物言うような世にもあえかな詩情」と表現したと考える。

繰り返される イメージ

「謀叛」に使われている「修道女《しゅうだうめ》」は特徴的な語にみえる。大正二(一九一三)年に東雲堂から出版された『東京景物詩及其他』(第三版を刊行するにあたって、新たに詩一章十二篇を加えて『雪と花火』と改題し、装幀を変えて出版された)の巻頭に置かれた「公園の薄暮」にもこの語が使われている。「公園の薄暮」は「WHISKY.」とともに明治四十二(一九〇九)年三月の『スバル』に発表されている。『邪宗門』が刊行されたのが、同年の三月十五日なので、刊行直前の作品ということになる。

公園の薄暮

ほの青き銀色《ぎんいろ》の空気《くうき》に、
そことなく噴水《ふきあげ》の水はしたたり、
薄明《うすあかり》ややしばしさまかえぬほど、
ふくらなる羽毛頸巻《ボア》のいろなやましく女ゆきかふ。

つつましき枯草《かれくさ》の湿《しめ》るにほひよ……
円形《まろがた》に、あるは楕円《だゑん》に、
劃《かぎ》られし園《その》の配置《はいち》の黄《き》にほめき、靄に三つ四つ
色淡《うす》き紫の弧燈《アアクとう》したしげに光うるほふ。
春はなほ見えねども、園《その》のこころに

いと甘き沈丁《ぢんてう》の苦《にが》き莟《つぼみ》の
刺《さ》すがごと沁《し》みきたり、瓦斯《ガス》の薄黄《うすぎ》は
身を投げし霊《たましひ》のゆめのごと水のほとりに。

暮れかぬる電車《でんしや》のきしり……
凋《しを》れたる調和《てうわ》にぞ修道女《しゆうだうめ》の一人《ひとり》消えさり、
裁判《さばき》はてし控訴院《こうそゐん》に留守居《るすゐ》らの点《とも》す燈《あかり》は
疲《つか》れたる硝子《がらす》より弊私的里《ヒステリイ》の瞳《ひとみ》を放《はな》つ。

「控訴院《こうそゐん》」は、明治十九年に東京控訴院と呼ばれるようになった、現在の東京高等裁判所のことと考えられている。この「控訴院」を実景とみると、「公園」は日比谷公園とみるのが自然になる。

日比谷公園は紆余曲折を経て、明治三十五（一九〇二）年に公園として着工され、翌明治三十六年六月一日には仮開園した。明治四十二（一九〇九）年の頃はできあがって数年の、都市公園だったことになる。開園と同じ年に、洋風喫茶店松本楼、和風喫茶店三橋亭（現在のパークセンター)、結婚式場高柳亭(現在の日比谷パレス)、洋風レストラン麒麟亭(現在のレストランなんぶ)などが出店したことがわかっている。現在松本楼に行けば、「古くからある由緒正しいレストラン」と思う。それは現代人にとっては当然のことであるが、白秋の詩を「よむ」場合には、そこに「新しさ」を感じる必要がある。自分の中の「イメージ」を詩の「イメージ」と重ね合わせることが重要とはいえ、情報や知識に基づいて、自身の「イメージ」を修正することができなければ、白秋のもっていた「イメージ」をとらえることはできない。

「謀叛」と「公園の薄暮」とには、「修道女」以外にも、「薄黄」「噴水の吐息」のように共通して使われている語句がある。白秋が何らかの「刺激」をきっかけにして詩をつくろうとする。その「刺激」は白秋が「心的辞書」に蓄積している語を呼びさまし、また「イメージ」を喚起する。その「イメージ」をとりまいている語は(増強されたり変化したりすることはあっても)変わらないと仮定してみよう。あるいはある語がある「イメージ」を呼びさますと考えてもよい。ある風景をみると、繰り返し思い浮かぶ語、イメージ、それが重なり合い、もつれ合うようにして、詩をかたちづくるのだとすれば、そうした「装置」に分けいらなければ、詩を「よむ」ことはできないことになる。

パンの会から『スバル』へ

明治四十一(一九〇八)年十二月には、北原白秋、木下杢太郎、吉井勇、長田《ながた》秀雄、長田幹彦、高村光太郎等の詩人たちと、石井柏亭、山本鼎、森田恒友《つねとも》、倉田白羊《はくよう》、伊上凡骨《いがみぼんこつ》、織田一磨《かずま》等、『方寸《ほうすん》』同人の画家グループとが集まり、文学と美術との交流を図ることを目的として「パンの会」を結成した。白秋はパンの会において、永井荷風、小山内薫と知り合う。

パン(PAN)はギリシャの神で、山羊のような角をもち、獣人、牧神、牧羊神などとも呼ばれる。大川(隅田川)をパリのセーヌ川に見立てて、月に何度か隅田川河畔の西洋料理屋に集まったという。最初の二、三回は両国橋手前の第一やまとの三階を会場とし、そこにあきると小伝《こでん》馬《ま》町の三州屋という西洋料理屋に場所を移し、その後は深川の永代橋際の永代亭がしばしば会場となり、さらに後には小網町の鴻の巣を「メエソン・コオノス」と呼んで使っていたという。隅田川をセーヌ川に見立てたということはこれまでにも繰り返し指摘されてきている。しかし、さらにいえば、隅田川はセーヌ川であると同時に、そこに集っていた人々の脳裏に深く刻みこまれた故郷の川であっただろう。

その後パンの会は耽美主義の会となっていく。そうしたパンの会も、明治四十三(一九一〇)年十一月の三州屋での大会をもって終わることになった。

パンの会隆盛と同時期、明治四十二年一月一日には、森鷗外を中心とした雑誌『スバル』が創刊される。創刊号の発行人は石川啄木がつとめている。大正二(一九一三)年の終刊まで、六十冊が刊行された。白秋は主要同人として、創刊号に「邪宗門新派体」の題名のもとに、「天鵝絨のにほひ」「赤き僧正」「赤き花の魔睡」「『十月』の顔」「秋の瞳」「麦の香」の六篇を発表する。これらはいずれも詩集『邪宗門』に収められ、三月に易風社から出版されることになる。

五月には「もののあはれ」という題名で短歌六十三首を『スバル』に発表するが、この六十三首は後に「銀笛哀慕調」と題されて、大正二年一月に刊行された第一歌集『桐の花』の巻頭に置かれることになる。白秋は、明治四十二年、四十三年、四十四年に雑誌に次々と短歌を発表していく。白秋は短歌という「器」にもことばを注ぎ込んでいく。

明治四十二年の十月には木下杢太郎、長田秀雄らと季刊雑誌『屋上庭園』を創刊するが、翌四十三年の二月に出版した第二号に白秋が発表した「おかる勘平」が「風俗壊乱」とみなされ、発禁処分となり、雑誌はそのまま廃刊することになる。

明治四十三年はパンの会の最盛期といってよく、白秋も次々と作品をうみだしていく。第二詩集『思ひ出』、第三詩集『東京景物詩及其他』、第一歌集『桐の花』の主な作品が、この年につくられている。若山牧水編集の詩歌雑誌『創作』が東雲堂から創刊され、その詩の欄を白秋が担当したのもこの時期である。そして九月には青山原宿に移り、そこで隣家の人妻松本俊子を知ることになる。

白耳義新詩人のものなやみは静かにし
てあたたかく、芭蕉の寂はほのかに涼し
かはたれのロウデンバツハ芥子の花ほのかに
過ぎし夏はなつかし

（『桐の花』「薄明の時」）

第四章

『桐の花』のころ

——君かへす朝の舗石さくさくと

『桐の花』「薄明の時」挿画

明治四十四(一九一一)年になると白秋の生活は困窮し、母から毎月黄金の小判を三枚ずつもらい、一枚を十七円に換えて生活するようになる。同年五月には『思ひ出』が出版される。九月十七日には上田敏の主催で、その出版記念会が開かれるが、その席上、上田敏は『思ひ出』を激賞する。『思ひ出』は大正十四(一九二五)年七月三日に増補訂正版が出版されるが、その末尾に添えられた「増訂新版について」という文章中に、その時のことが白秋自身によって記されている。

上田敏の激賞

この『思ひ出』は非常に賞讃された。爾来私はかの時ほど筆をそろへて推美されたことは無い。思ふに、これは新進のお蔭(この言葉は無量の意味を有する。)でもあつたらう。その当時、私は二十七歳であつた。私は木挽町の二葉館と云ふ旅館の薄暗い土蔵の二階に下宿して居た。さうしてこの集の出版後、旬日ならずして思はぬ背部の病患に罹つた。その局部の切開の為め蠣殻町の岩佐病院に。かうして五十日ほど居て退院すると、先輩友人によつて、改めて私の為めに『思ひ出』の会なるものが開かれた。神田の某西洋料理亭であつた。私はその夜の幸福と光栄とを未だに忘るることができない。デザアトコースに入るや、上田敏先生は立つて、言葉を極めて日本古来の歌謡の伝統と新様の仏蘭西芸術に亘る綜合的詩集であるとし、而もその感覚解放の新官能的詩風を極力推奨された。さうして序文『生ひたちの記』については殊に驚くべき讃辞を注がれた。あれを読んで落涙したとまで。さうしてまた筑後柳河の詩人北原白秋を崇拝するとまで結ばれた。私は無論動顚した。さんさんと私は泣いた。

白秋の面目躍如といったところだろうか。白秋は同じ文章で、『思ひ出』について次のよう述べている。

この『思ひ出』こそは今日の私の童謡の本源を成したものだと云ひ得る。尤もそれ以前に昔噺などを題材とした幼稚な小詩を書いたことはあるが、兎に角取りまとめて主として童謡味の勝つた抒情の小曲を一冊子として公にしたのはこの集を初めとするのである。この中に収めた詩の多くが雅語脈の小曲であつて、必ずしも童謡としての童語の歌謡体ではないが、その幼時を追憶したものには、その歌調さへ飜せばそのままに童謡となるべき題材である。ここにさうした私の本質が潜んで満ちてゐるやうな気がするのである。果あれば因由するところが必ず有るべきである。童謡作家としての現在も容易に心を流して来た訳では無かつた。詩に行き詰つて童謡の平易に転換したなどと見る人があるならば、それはあまりに詩胎の発素を知らないのである。私の童謡製作は寧ろ本質への還元であるかも知れぬ。従つてこの『思ひ出』は感覚点彩の新体以上に、今日の私には意義深き詩集であるとも云へる。

抒情と童謡

ここで白秋が、『思ひ出』が「私の童謡の本源を成した」と述べていることには注目しておきたい。『思ひ出』に収められた詩作品を一つの語で覆うことはできない。しかし、表紙などに「抒情小曲集」と印刷されていることをてがかりにすれば、「抒情」は『思ひ出』をとらえるためのキー・ワードの一つになるだろう。そうとらえるためには「抒情」を定義する必要があるが、今それは措くことにする。その「抒情」の向かう方向あるいは、その「抒情」に流れ込んでくる「流れ」の一つが「童謡」とみておきたい。「童謡」にも定義が必要であろうが、「童」を幼い人、少年少女ととらえれば、少年少女が口ずさむ歌が「童謡」だろう。

室生犀星の第二詩集『抒情小曲集』(大正七年九月十日、感情詩社)は、「表紙」と「裏絵」とを染織工芸家の広川松五郎、「扉絵」と本文中のカットを恩地孝四郎が担当している、新書版ほどの小冊子である(図6)。詩集の冒頭に、小松玉巖《ぎょくがん》作曲の「砂丘の上」と弘田龍太郎作曲の「霜」の楽譜の写真版が置かれ、それに続いて「序曲」(芽がつつ立つ／ナイフのやうな芽が／たつた一本／すつきりと蒼空につつ立つ)が太字で印刷され、その裏ページには次のように記されている。

抒情詩の精神には音楽が有つ微妙な恍惚と情熱とがこもつてゐて人心に囁く。よい音楽をきいたあとの何者にも経験されない優和と嘆賞との瞬間。ただちに自己を善良なる人間の特質に導くところの愛。誰もみな善い美しいものを見たときに自分もまた善くならなければならないと考へる貴重な反省。最も秀れた精神に根ざしたものは人心の内奥から涙を誘ひ洗ひ清めるのである。

「自己を善良なる人間の特質に導くところの愛」「誰もみな善い美しいものを見たときに自分

図6　室生犀星『抒情小曲集』扉絵

もまた善くならなければならないと考へる貴重な反省」はあたかもキリスト教ヒューマニズムを語っているかのようにみえさえするが、「善良」や「善美」と「反省」は室生犀星の「抒情詩」(あるいは当該時期の抒情詩)を理解するためのキー・ワードに思われる。「反省」とは当然「読み手」が行なうものであろうから、自身による自身との「やりとり」と言い換えてもよいだろう。それが「涙を誘ひ」、自身の心を「洗ひ清める」。そうしたいわば「はたらきかけ」をごく自然にするのが抒情詩ということではないか。だが以後、そういうことは次第に忘れられ、「読み手」に感じられなくなり、犀星のいうような抒情詩は正しく評価されなくなっていくように思われる。

だいぶ後のことになるが、昭和八(一九三三)年には岩波文庫として『白秋抒情詩抄』が出版されている。吉田一穂《いっすい》の巻末「解説」には『白秋詩抄』に次いで昭和八年の初夏、この『白秋抒情詩抄』も、また私が白秋先生の依嘱《いしょく》をうけて、当時までの既刊詩集七部から撰抄し、編纂したものである。初版本を底本《ていほん》に全集と校合《こうごう》し、さらに白秋自らの校訂をへて、岩波版収録の詩篇に関するかぎり、正版たるをえた」とある。さらには「もとより前詩抄とこの抒情詩抄とには、分類の厳密な区別があるわけではない」とあるが、白秋が「小序」を自ら記し、そこでは「此の抒情詩抄には」「「雪と花火《はなび》」「白金《ハクキン》之独楽《コマ》」「水墨集《すゐぼくしふ》」「海豹《かいへう》と雲」等より、之に庶《ちか》き小詩篇、近古風の新曲、曩《さき》の詩抄に洩れたる象徴詩《しやうちようし》、短唱《たんしやう》、水墨風、古代新頌《しんしよう》をもとりあつめた。選抄の見地《けんち》は詩の香気《かうき》を本《もと》とし、情趣の微韻《びゐん》を我と求めた」とあるので、作品の選択については、白秋自身も認めているものと考えることができる。

『思ひ出』から多くの作品が採られているのは自然なこととして、右に述べられているように、『邪宗門』からも『雪と花火』『真珠抄』『白金之独楽』『水墨集』『海豹と雲』からも作品が採られているのであり、「抒情」はこれらの詩集に収められた作品のキー・ワードともなることが白秋自身によって示されているともいえよう。

伊藤信吉は『抒情小曲論』(一九六九年、青蛾書房)において、白秋『思ひ出』と犀星『抒情小曲集』とにふれながら、「近代詩の年代における抒情小曲は、抒情詩の一型態、一領域として、否定することのできない位置を占めていた。作品の形は小さいけれども、その小ささにおいて、詩的実質と呼ぶことのできるものを内包していた」と述べ、しかしその詩的型態が「大正末期にいたつて消滅した」と述べる。それは「抒情詩に内包される一つの本質性」「詩の中の短歌」

がほろびたのだと指摘する。

「善良」はまた、北原白秋を理解するキー・ワードでもあると考える。山本鼎は白秋の印象を『紅楼夢《こうろうむ》』の主人公「賈宝玉《かほうぎょく》」にたとえて語っている。『紅楼夢』は中国の『源氏物語』などといわれることもあり、上流階級の貴公子に設定されている「賈宝玉」は、いわば「光源氏」にあたるだろう。少しあげてみよう。

白秋を始めて見たのは彼れが二十三、小生が二十五の秋である。場所は平出修氏の座敷、たしか雑誌『スバル』の会の時と思ふ。（中略）其初対面の白秋の顔が小生に強い印象をのこした。世の中であゝいふ顔には、それまで出会さなかつたし、其後今日まで出会た事がない。其後白秋の顔も浮世の渋に締められて、尋常な温顔になつたが、あの第一印象の顔は全く尋常な美しさでなかつた。（中略）とにかく白秋の青春の顔は、後に「紅楼夢」を読んだ時、宝玉《バウオイー》の顔を想像した時、すぐに聯想した事である。

宝玉《バウオイー》は「紅楼夢」の主人公、胎内から玉を握つて生れて来たといふ、富貴でやんちやな、支那の大大名の坊ちやんの事であるが、其恵まれた生ひ立と云ひ、天生の利潑さと云ひ、はにかみ屋のところや、美しい物好きの処や、勉強ぎらいの処や、いろいろ性行が白秋に似て居るのである。

（「白秋と宝玉《パウオイー》」『多磨　北原白秋追悼号』第十六巻第六号、一九四三年、多磨短歌会）

『邪宗門』が刊行された明治四十二（一九〇九）年（二十四歳）頃の白秋の写真が、例えば『新潮日本文学アルバム北原白秋』（一九八六年）の冒頭に載せられているが、短髪に太い眉、ぱっちりとした目、少し口髭を蓄え、ツイード地らしき三つ揃いを着てネクタイを締めた白秋は、『思ひ出』の挿絵のようで、まさに「大大名の坊ちゃん」というにふさわしい。

歌集『桐の花』

歌人の木《き》俣《また》修は『白秋研究Ⅰ　短歌篇』（一九五四年、新典書房）において、「『桐の花』の初版本は、活字面の構成（引用者補：図7参照）、黒と朱の印刷、貼りつけになつている小挿絵、目次を書後に置いた体裁、装幀、包装、用紙等の総てが、著者自身の独創に成つたものであつて、この書物自体が、当時の白秋の芸術、ひいてはその頃の時代性を象徴していると言つてもよい。収載の作品に見られる感覚、官能は全くこの書物の体裁と寸分の隙もない程よくマッチしているのである。『桐の花』の作品は後年、選集・全集その他によつて幾度か世に送られているが、それ等の書物によつては、『桐の花』の世界を真に味わう事は出来ないとさえ思われる程である」と述べている。

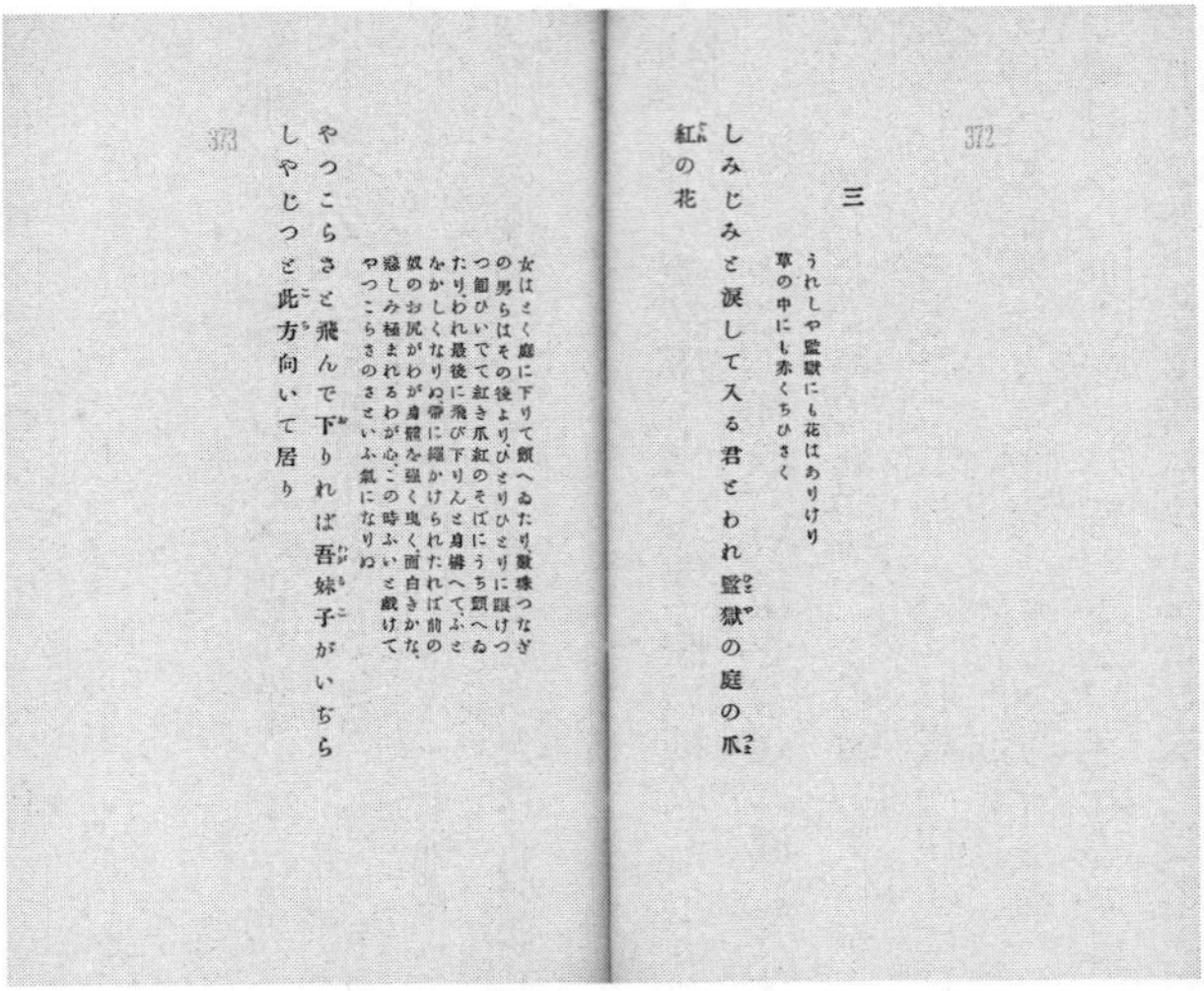

372

三

うれしや監獄にも花はありけり
草の中にも赤くちひさく

しみじみと涙して入る君とわれ監獄《ひとや》の庭の爪《つま》紅《べに》の花

373

女はさく庭に下りて顫へゐたり。數珠つなぎの男らはその後より、ひとりひとりに蹤けつつ御ひいでて紅き爪紅のそばにうち顫へゐたり。われ最後に飛び下りんと身構へて、ふさなかしくなりぬ。帯に繩かけられたれば前の奴のお尻がわが身體を強く曳く、面白きかな、戀しみ極まれるわが心、この時ふいと戯けてやつこらさのさといふ氣になりぬ

やつこらさと飛んで下《お》りれば吾妹子《わぎもこ》がいちらしやじつと此方《こち》向いて居り

図 7 『桐の花』の版面

「その頃の時代性」とはパンの会の全盛の頃＝詩と絵画とが接近していた頃と言い換えることもできよう。そして木俣修が「選集・全集その他」では「『桐の花』の世界を真に味わう事は出来ない」と述べていることには注目しておきたい。

『桐の花』のタイトルページではタイトル『桐の花』の上に「抒情歌集」と記されており、全体は次のような構成になっている。左で「小品」という表現にしたのは、『桐の花』末尾に添えられている「集のをはりに」において白秋が「小品六篇」と呼んでいるものである。「集のをはりに」の末尾には「一九一二、初冬」とある。

「桐の花とカステラ」(小品)／「銀笛哀慕調」(短歌)／「初夏晩春」(短歌)／「昼の思」(小品)／「薄明の時」(短歌)／「雨のあとさき」(短歌)／「秋思五章」(短歌)／「植物園小品」(小品)／「春を待つ間」(短歌)／「白き露台」(短歌)／「感覚の小函」(小品)／「哀傷篇」(短歌)／「白猫」(小品)／「ふさぎの虫」(小品)

散文と詩

白秋が「小品六篇」と呼んだ文章は「散文詩風の文章」とでもいうべきものである。伝統的な和歌の枠組みをあてはめるとすれば、詞書きが相当程度の言語量を備えた短歌のようにみえもするが、筆者はそうではないと考える。詞書きは当該和歌がつくられた場所、理由等を説明したものである。「小品六篇」にはもちろんそういう面もあるが、一読してわかるように、単なる「説明」にとどまるものではない。「小品六篇」があることによって、短歌作品は凝縮の美しさをよりいっそう感じさせ、また短歌という「器」がどのようなものであるかを「読み手」につよく意識させる。短歌をよむと、「小品六篇」のきめ細かさはいっそうよく感じられ、双方が相まって、『桐の花』という白秋の作品集がかたちづくられていることをつよく思わせる。これは『思ひ出』においてすでに試みられていたことでもあった。

小品「桐の花とカステラ」の冒頭をあげておこう。

桐の花とカステラの時季となつた。私は何時も桐の花が咲くと冷めたい吹笛《フルート》の哀音を思ひ出す。五月がきて東京の西洋料理店《レストラント》の階上にさはやかな夏帽子の淡青い麦稈のにほひが染めわたるころになると、妙にカステラが粉つぽく見えてくる。さうして若い客人のまへに食卓の上の薄いフラスコの水にちらつく桐の花の淡紫色とその暖昧のある新しい黄色さとがよく調和して、晩春と初夏とのやはらかい気息のアレンヂメントをしみじみと感ぜしめる。私にはそのばさばさしてどこか手さはりの渋いカステラがかかる場合何より好ましく味はれるのである。

白秋は明治四十三(一九一〇)年八月一日に刊行された『新潮』第十三巻第二号に発表した「新しき詩を書かんとする人々に」において次のように述べている。

詩となるべき材料と散文となる可き材料とは、根本に於て違つて居る、詩人でも単に詩ばかり書いて居るよりは、何でも遣つた方が好いと思ふ、少くも私は何でも遣《や》りたい、詩になる材料は詩にするが好し、散文になる材料は散文にするが好く、又、絵画になる材料は絵画にした方が好い、或る材料を詩として書いた時、それを画とした方が、其心持が更に〳〵適切に現はし得るだらうと思ふことが屢々《しば〳〵》ある、詩の材料は詩、散文の材料は散文に書きたいものだ。

ここでは「詩となるべき材料と散文となる可き材料とは、根本に於て違」っている、と述べられている。もちろん白秋はそのように考えていたのだろう。それは「詩」という「器」と「散文」という「器」との違いを明白にとらえていたためと考える。しかし、その一方で、白秋は、一つの「材料」を「詩という器」にも「散文という器」にも盛るということをいともたやすくやってみせ、そういう意味合いにおいて二つの「器」を接近させた人でもあった。この「新しき詩を書かんとする人々に」では次のようなことも述べている。

斯う云ふと自分のことを云ふやうになるが、誇張だとか、空想だとか云つて詩を難ずる人がある。けれども、外の人には誇張だとか空想だとか思はれても、その人自身にとつては立派な事実である場合が多い。例へば、此所《こゝ》に一つの幻想を書くとする。或は之は幻想であるかも知れぬ、然し、その人の官能を通した幻想である以上、その人にとつてそれは厳とした事実である。曲げることの出来ない事実である。要するにその幻想に事実としての権威が有るか否かと云ふことはその人自らの官能が果してそれを感じ得たか、否かと云ふことに帰着する。又、我々は従来の慣習の外に立つて、自分の官能を赤裸々に、自由に活かす時、今迄の言ひ習はし以外のものを見ることが出来る。例へば私は私の詩の中に薄青い雪が降ると云ふことを書いた。雪と云ふものは白いに決つて居る、白く見えるとされて居るけれども光線の工合や、その場所に依つて雪は決して白いものではない、事実薄青く見える、此の場合元よりその周囲を書いて、薄蒼い雪と云ふ感じを与へることは必要であると思ふ。（中略）

同じく象徴詩と云つても、以前の象徴と云ふことと、私どもの今云ふ象徴とは、その内容が余程違つて居る。今云ふ象徴とは、以前云つたやうな、単にライオンや、月桂樹が何々の象徴であると云ふ、そんな意味の象徴ではない、我々の心持ちには、単に言葉で云ひ現はすことの出来ない、いろ〳〵複雑に入組んだ心持ちがある。それを、只、悲しいとか、苦しいとか、愁《つら》いとか、簡単な、慣習的な言葉で言ひ現はして了はずに、その複雑に入組んだ心持ちをその儘《まゝ》、作品全体に漲《みな》ぎる気分の上に現はして、読者の胸に伝へることだ。只、それを一本調子に簡単に説明して了つては、我々の此の複雑した心持を伝へることは出来ない、然う云ふ説明をしないで、全体の気分としてその心持ちを伝へたいと思ふ。

「言葉で云ひ現はすことの出来ない」「複雑に入組んだ心持ち」があることを認めることはできる。それを「心持ち」という語で表現すると、「気持ち」になってしまうが、言語で説明のできない何か、と表現することはできそうだ。この「何か」を筆者の表現でいえば、「言語の外側に位置するイメージ」ということになる。白秋はそれを言語側に引きつけすぎないで、つまり「慣習的な言葉で言ひ現はして了はずに」「その儘《まゝ》、作品全体」に投影させることを目指したと覚しい。

姦通事件

一九一二年は、その七月三十日に明治天皇が崩御したために、一月一日から七月三十日までが明治四十五年、七月三十日からは大正元年となる。この年の五月に白秋は越前堀のお岩稲荷の隣に居を移す。青山原宿時代に知り合った松下俊子との恋愛が続き、七月には俊子の夫から姦通罪で告訴され、七月六日から二十日までの二週間、市ヶ谷の未決監に拘置される。

七月六日の『読売新聞』には「●詩人白秋起訴《はくしうきそ》さる」「△文芸汚辱《ぶんげいをじよく》の一頁《ページ》」という見出しの記事が掲載されている。記事には「北原白秋《きたはらはくしう》は詩人《しじん》だ、詩人《しじん》だけれど常人《じやうじん》のすることを逸《いつ》すれば他人《たにん》から相当《さうたう》の批難《ひなん》もされやう、昨《さく》五日東京地方裁判所《とうきやうちほうさいばんしよ》の検事局《けんじきよく》から北原隆吉《きたはらりうきち》として起訴《きそ》せられた人《ひと》は雅《が》号白秋其《がうはくしうそ》の人《ひと》である、起訴《きそ》されたのは忌《い》むべき姦通罪《かんつうざい》といふのだ」とある。そして『桐の花』末尾の「ふさぎの虫」には「未決監を出てからもう彼是一と月、その間、日となく夜となく緊張し切つた俺の神経はまるで螽斯《きりぎりす》のやうに間断《きり》もなく顫へ続けた。狂気と錯乱とがもう俺の目前に赤く笑つてゐる」「あれから苛酷な世の嘲笑と圧迫は日夜続いた」とある。これは白秋の痛切な気持ちの表明とそのままうけとっておきたい。「ふさぎの虫」が再版以降では削除されていることも、そうしたことを推測させる。この「事件」は結局、弟鐵雄が奔走し、保釈となり、後には示談が成立して、八月十日の公判で免訴放免となる。

『桐の花』を評価する時に、「桐の花とカステラ」中の次の行りが引かれることが多い。

古い小さい緑玉《エメロウド》

古い小さい緑玉《エメロウド》は水晶の函に入れて刺戟の鋭い洋酒やハシツシュの罎のうしろにそつと秘蔵して置くべきものだ。古い一絃琴は仏蘭西わたりのピアノの傍の薄青い陰影のなかにたてかけて、おほかたは静かに眺め入るべきものである。私は短歌をそんな風に考へてゐる。さうして真に愛してゐる。

「桐の花とカステラ」では「古い小さい緑玉《エメロウド》」と「古い一絃琴」という表現が繰り返し繰り返し使われる。白秋の言説であることからすれば、白秋は短歌をそのようにとらえていた、とひとまずはみなければならない。ここではひとまずは白秋の言説を認めることにしたい。

しかし、『桐の花』に収められた短歌作品は、白秋の詩的イメージを短歌という定型の器に収めることによって、『邪宗門』や『思ひ出』、『東京景物詩及其他』に収められた詩作品と共通するイメージに端を発していながら、詩作品としては異なる輝きをもった作品となったと考える。そして、「わが生ひたち」を冒頭に置いた『思ひ出』が単なる詩集にとどまらない振幅を獲得したのと同じように、「小品六篇」を挟み込んだ『桐の花』は単なる歌集にとどまらない振幅を獲得している。白秋の脳内には、散文と詩、散文と短歌とを自由に行き来する「回路」が形成されていた。脳内には「抒情小曲」という泉があり、その泉から湧き出る水は、童謡、民謡へと流れ込んでいった。

「チャルメラ」のイメージ

「桐の花とカステラ」に続く「銀笛哀慕調」は、さらに「I春」「II夏」「III秋」「IV冬」と分けられているが、その「III秋」の二に次の四首が置かれている（改行位置は原書のまま）。

啄木鳥《きつつき》の木つつき了《お》へて去りし時黄なる夕日
に音《ね》を絶ちしとき
雲あかく日の入る夕木々《きぎ》の実の吐息にうもれ
鳴く鳥もあり
あかあかと五重の塔に入日さしかたかげの闇
をちやるめらのゆく
かかる時地獄を思ふ、君去りて雲あかき野辺に
煙渦まく

『日本国語大辞典』第二版は見だし項目「チャルメラ」の語誌欄において、「南蛮物の一つとして渡来し、江戸時代、長崎では正月に太鼓・銅鑼(どら)・チャルメラを奏する三人組が、獅子舞のように各戸を回ったといわれる。「唐人笛」ともいわれ、長崎では唐人の葬式のときにこれを奏した」「その後、明治時代にはあめ売り用の、大正時代には屋台中華そば屋用の宣伝楽器となる」と記している。一九六六年から販売が開始された明星食品の「明星チャルメラ」

のパッケージで屋台を引いている「チャルメラおじさん」が吹いているのがチャルメラだ。だから、現代人の「イメージ」では「チャルメラ」は短歌に詠み込まれるようなものではないと思われる。しかし、明治期は少し違う。上田敏は「ちやるめら」という題の詩を、野口米次郎(ヨネ・ノグチ)が編纂した、日本、イギリス、アメリカの詩人の詩を収めたアンソロジー『あやめ草』(一九〇六年、如山堂書店)に発表している。

少し後のことになるが、詩誌『青騎士』の同人であった高木斐瑳雄《ひさお》の実弟喜代治は『哨吶《ちやるめら》』という題名の詩集(一九三六年、加利屋印刷所)を刊行している。「哨吶」はチャルメラのこと。この詩集の末尾に置かれた「目次」によれば、「詩集題名」をつけたのは「室尾犀星先生」であり、室生犀星の「扉詩」「行ふべきもの」が冒頭に置かれている。

あるいは「さんま苦いか鹽《しよ》つぱいか。」で知られている「秋刀魚の歌」が収められている、佐藤春夫の詩文集『我が一九二二年』(一九二三年、新潮社)には「冬の日の幻想」という題名の次のような詩が収められている(この詩文集の装幀は岸田劉生が行なっている)。ここではチャルメラを吹いているのは「豆腐や」であるが、その音色が「冬の日の幻想」という表現であらわされる「イメージ」と結びついていることがわかる。

冬の日の幻想

霜ぐもる十二月の空は
干《ひ》ものやくにほひにむせび
豆腐やのちやるめら　聞けば
火を吹いておこすこの男の目に　ふと
どこかの　見たこともない田舎町の場末の
古道具屋の四十女房がその孕みすがたで
釣ランプをともすのだ
かかるゆふべの積み累ねに
聖《ひじり》ならぬわが厭離のこころはきざした。

白秋も「チャルメラ」を使う。

水落つ、たたと……両国《りやうごく》の大吊橋《おほつりばし》は
うち煤《すす》け、上手《かみて》斜《ななめ》に日を浴《あ》びて、

色薄黄《き》ばみ、はた重く、ちやるめらまじり
忙《せは》しげに夜《よ》に入る子らが身の運《はこ》び、太鼓ぞ鳴れる。

（『邪宗門』「浴室」）

はたやいま落つる日ひびき、
照りあかる窪地《くぼち》のそらの
いづこにか、
さはひとり、
湿《しめ》り吹きゆく
幼《をさな》ごころの日のうれひ、
そのちやるめらの
笛の曲《ふし》。

笛の曲《ふし》………

かくて、はた、病《や》みぬる椿《つばき》、
赤く、赤く、狂《くる》へる椿《つばき》。

（『邪宗門』「狂へる椿」）

「幼《をさな》ごころの日のうれひ」という表現からすれば、白秋においても「チャルメラ」が「哀愁」と結びついているのはたしかである。そして実際にチャルメラの音を聞くのが夕方ということに起因すると思われるが、「チャルメラ」は夕方、日暮れの「イメージ」と結びついている。白秋においては、その夕方、日暮れが赤という色彩と結びつき、その赤は、場合によっては、「強度」をもっていた。「強度」は「狂度」でもあり、それが「病《や》みぬる椿《つばき》」「狂《くる》へる椿《つばき》」という表現につながっていくのであろう。

赤と黄色とは、『邪宗門』を彩る色彩であるが、「赤く、赤く、狂《くる》へる椿《つばき》」という表現は、筆者には夏目漱石の『草枕』(十)の「ぱつと咲き、ぽたりと落ち、ぽたりと落ち、ぱつと咲いて、幾百年の星霜を、人目にかゝらぬ山陰に落ち付き払つて暮らしてゐる。只一眼見たが最後！見た人は彼女の魔力から金輪際、免《のが》るゝ事は出来ない。あの色は只の赤ではない。屠られたる囚人の血が、自《おの》づから人の眼を惹いて、自《おのづ》から人の心を不快にする如く一種異様な赤である」を思わせ、『それから』冒頭の「枕元を見ると、八重の椿が一輪畳の上に落ちてゐる」を思わせ、また末尾の「忽ち赤い郵便筒が眼に付いた。すると其赤い色が忽ち代助の頭の中に飛び込んで、くる〳〵と回転し始めた」「烟草屋の暖簾が赤かつた。売出しの旗も赤かつた。電柱が赤かつた。赤ペンキの看板がそれから、それへと続いた。仕舞には世の中が真赤になつた。さうして、代助の頭を中心としてくるり〳〵と𦦙の息を吹いて回転した。代助は自分の頭が焼け尽きる迄電車に乗つて行かうと決心した」を思わせる。『草枕』は明治三十九(一九〇六)年に雑誌『新小説』に発表されており、『それから』は明治四十二(一九〇九)年の六月二十七日から十月四日まで、『東京朝日新聞』『大阪朝日新聞』に連載され、翌年一月一日には春陽堂から単行本が刊行されている。明治三十九年から四十二年にかけての時期は、白秋が、後に『邪宗門』『思ひ出』『桐の花』に収められることになる詩作品をつくっていた時期にあたる。

瀬木慎一は「真赤な白秋」(『白秋全集』月報20)において、白秋の「赤」について「この詩人の赤は、なんと言っても、世紀末的なデカダンスの象徴である感じが濃い。絵画と比較すると、ゴッホ、ゴーギャンであるよりは、むしろ、ラファエル前派、ムンク、クリムト、シーレ、アール・ヌーヴォ的であるように見える」と述べている。

添削をする白秋

白秋は昭和十三(一九三八)年にアルスから『鑕』というタイトルの本を出版している。「鑕」は「カナシキ」で、「鍛造などの作業で、工作物の下にあてる鋳鉄などで

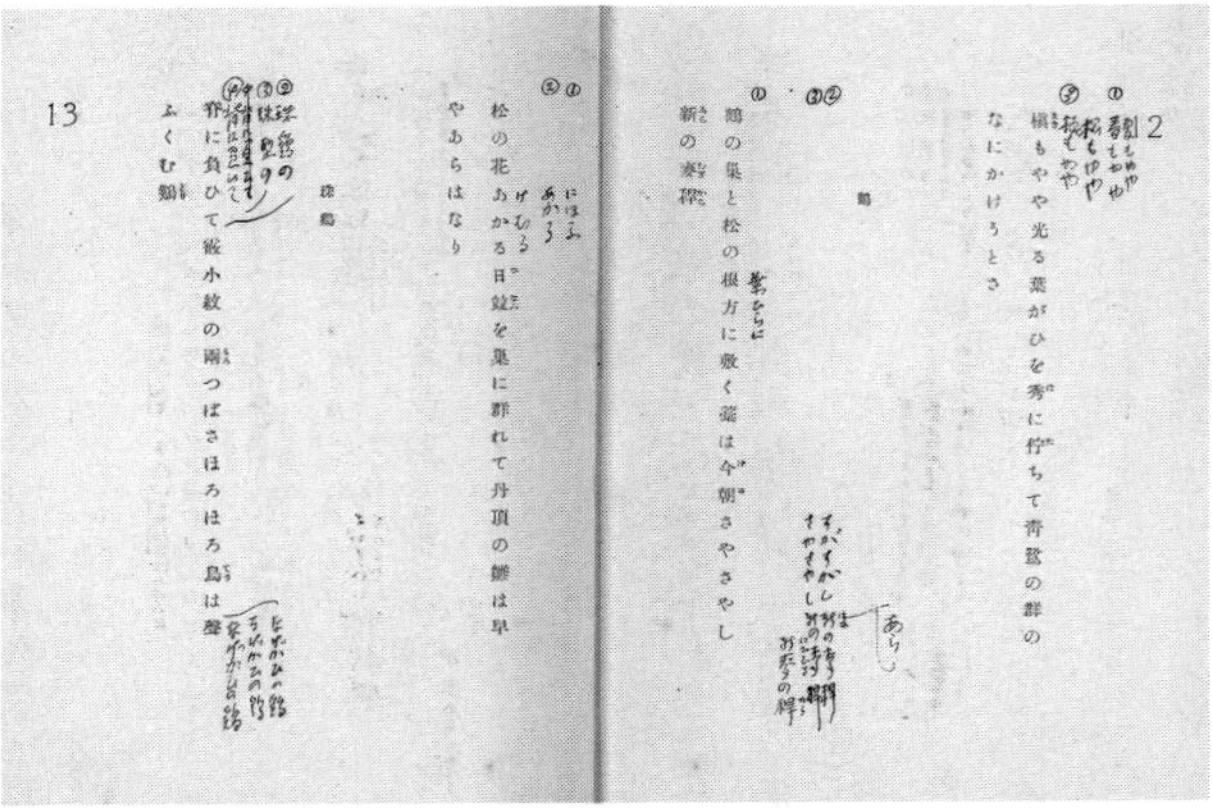

2

梢もやや光る葉がひを秀に佇ちて青鷺の群のなにかけうとさ

鶴

鶴の巣と松の根方に敷く藁は今朝さやさやし

松の花あかる日鼓を巣に群れて丹頂の雛は早やあらはなり

朱鷺

背に負ひて薇小紋の雨つばさほろほろ鳥は聲ふくむ

13

図8　白秋による書き込みのある『白南風』見本刷り
(清泉女子大学所蔵)

作られた作業台」のこと。『鐵』の「巻末に」において白秋は「雑誌『多磨』誌上に記録した短歌の添削実例其の他である」「鐵は鍛錬の台である」と述べている。今ここでは、そこに記されている白秋の添削を紹介することは省くが、白秋はきわめて繊細な添削を行なっている。

そしてその「繊細な添削」は白秋自身の短歌作品にも向けられている。筆者が勤務している清泉女子大学には、昭和九(一九三四)年にアルスから第六歌集として刊行された『白南風《しらはえ》』の(おそらく)見本刷りに、白秋が夥しい書き込みをした一冊の本が蔵されている(図8)。蔵書印等はおされていないが、購入した古書肆によれば、『多磨』終刊まで編輯にかかわった白秋の弟子、中村正爾の旧蔵書と伝えられているという。書き込みがされているのが、「見本刷り」と思われるところからすれば、白秋は刊行間近の自身の短歌作品の添削をしていたことになる。ここでは白秋の執拗なまでの手入れを具体的に一つ紹介してみよう。

『白南風』の十二ページに「鶴の巣と松の根方に敷く藁は今朝《けさ》さやさやし／新《あら》の麦稈《むぎから》」という短歌作品が置かれている。これは「天王寺墓畔吟」と題された歌群の中の「I・朴はひらく」の中に置かれている作品である。

見本刷りのこの部分を見ると、①という番号を付けて、「根方に」のすぐ右隣に「葉むらに」と書かれている。②という番号の下には、「すがすがし新《にひ》の麦稈《むぎから》」とある。振り仮名「にひ」はさらに「あら」に訂正されている。③という番号の下には、「さやさやし新の麦稈」とある。「新の麦稈」に振仮名が施されておらず、②の次に考えられたかたちだとすれば、「アラノムギカラ」ということになる。もともと印刷されていたのは「アラノムギカラ」だから、またもとに戻っているようにみえる。そしてこの③の左側には「新麦《にひむぎ》の稈《から》」とある。これを仮に④とみることにする。

鶴の巣と松の根方に敷く藁は今朝《けさ》さやさやし／新《あら》の麦稈《むぎから》

①鶴の巣と松の葉むらに敷く藁は今朝《けさ》さやさやし／新《あら》の麦稈《むぎから》
②鶴の巣と松の根方に敷く藁は今朝《けさ》すがすがし／新《あら》の麦稈《むぎから》
③鶴の巣と松の根方に敷く藁は今朝《けさ》さやさやし／新の麦稈
④鶴の巣と松の根方に敷く藁は今朝《けさ》さやさやし／新麦《にひむぎ》の稈《から》

こうなると「読み手」はどのかたちが「いい」かを考えたくなる。あるいは白秋は添削をして、どんどん「いい」かたちへと近づいていっているのだろうと考えたくなる。

しかし、添削前と添削後と、どちらが「いい」かは案外と判断しにくい。作者が「よくしようと思って添削をしている」ということを前提とすれば、添削後のかたちが「いい」かたちであることになる。しかし、白秋の場合はといえば、「ぐるぐる回っている」ようにもみえる。白秋の「心的辞書」には、あることを表現しようとした時に、次々と語が浮かび上がってくる。どれかを選択するしかないが、選択した直後に別の語のほうがいいのではないか、と思い始めるということだろう。白秋のように、「ことば溢れる人」はそういうことに悩んだにちがいない。そしてまた、「定型の短詩」である短歌は言語量に制限を受けており、その小さな「器」に溢れ出ることばを盛り込もうとした時に、さまざまなかたちが思い浮かびすぎて、添削が繰り返されていたのであろう。

「気配」の人白秋

日夏耿之介は『明治大正詩史』巻ノ下において、「白秋は、感覚の理想主義に酔つて享楽教の断末魔に際会し、詩家としても人間としても漸く帰趨を失して、危く密事の事に坐して下獄したが、出獄するや三崎小笠原等に放遊し、その生来の重苦しき官能の枷を狂信的な唱名礼讃によつて強ひても落付かしめんとして、その間の距離感の脅迫に自らを苦しめ、自らを偽らんともしたけれど(「白金の独楽」)、「白秋は、既《すで》に全然過去の人であると称しても過言ではない」と述べ、二十一ページの上部欄外では「人妻と通じて下獄したその獄中詩(獄中で作つたかどうかを知らぬが)にも、軽浮な衒気が、下積みの社会主義者の獄中記の主観のやうににじみ出てゐた。その軽浮感情は如何なる視点から好意的に見ても無価値に近かつた」といわば「切って捨てる」。日夏耿之介の言説からは、作品とその書き手の生活とをそのまま重ね合わせる、「ノン・フィクション」的な「みかた」が濃厚に感じられる。白秋はこういう否定のされかたもした。

また、中野重治は『斎藤茂吉ノート』(一九六四年、筑摩書房)において、『桐の花』に収められている「馬鈴薯の花咲き穂麦あからみぬあひびきのごと坂をのぼれば」「恋すてふ浅き浮名もかにかくに立てばなつかし白芥子の花」を具体的に採りあげて、「まことにあいびきのために坂を上るのではない。「恋すてふ浅き浮名」は実際は恋をしていぬためになつかしいのであり、またそれが浅いためになつかしいのである。すべて『桐の花』における恋愛は、精気充満せる青年が、精神と肉体とを傾けて女に立ち向ぅ場合のそれでなく、（中略）その遊びの気分をたのしむ風のものである」と批判し、「白秋は、どうしても、物をそのものとして示すことができない。彼はそれに堪えない。彼には、気分、風情、けはいが先立つてくるのである」「雰囲気としての薄手な物質的西洋文明へのもたれ込みから、同じく雰囲気としての薄手な物質的日本文明もたれ込みへの推移に過ぎない」と否定する。

だが筆者はむしろこう考える。中野重治が否定した「けはい」こそが白秋をとらえるキー・ワードだったのではないだろうか。高野公彦は「笛を吹く人」（『白秋全集』月報14）において、白秋の「短歌と新風」（『風景は動く』所収）の「油画画家の目、音楽家の耳、彫刻家の手、これらの感覚としての同じ度の修練は、歌人にも必要であらぅ。雪は白、若葉は緑ときめてかかつて、恐ろしく動じないのが今の一般歌人の観照態度のやうな気がする。我と物との間に空気が満ち、光線があり、陰影が匂つてゐることも知らないでは新しい観照は為されまい」を引用し、「白秋の関心は対象のものそれ自体には向けられていず、また肝腎の作り手の精神そのものにも向けられていない。大事なのは我と物との間にある気配なのであり、この意味で白秋は「観照」

の人である。観照の歌を作るのに必要なのは、気配を敏感にキャッチする感覚と、そしてそれを言葉にあらわす表現技術だけである。この二つの点で白秋は近代歌人の中で最もすぐれた歌人であろう」と述べる。「我と物との間にある気配」が脳内に蓄積されたものが、筆者のいうところの「イメージ」にあたるといってよい。高野公彦はさらに白秋の歌に「表出されているのは、物と我との間にある気配であり、存在している物たちがかもし合っている匂いである。無中心の歌と言えば語弊があるが、中心にあるのは物でも我でもない。では何だろう。一言でいえば、歌の中心にあるのは、言葉である。いわば、言葉の音楽的生動を具現するために白秋短歌は創られている」と述べ、斎藤茂吉は「物に執着し我に執着し」「打楽器主体の単純だが響きの強い音楽」をつくり、白秋は「管楽器主体の繊《ほそ》いやわらかい愁いを帯びた音楽」をつくったと述べる。茂吉と白秋とを並べたこの言説はわかりやすいのではないか。

言葉の音楽

「言葉の音楽的生動」は一つ一つの語の発音であり、並べられた語の「リズム」といってもよいだろう。白秋は歌の添削や、唱歌の検証において、使われている語の母音、子音に言及することが多い。それは、自身がそのようなことにつねに留意していたからであろう。白秋にとってまず「作品をかたちづくる語」をどう選び、どう並べるか、が大事だったと思われ、そういう意味合いにおいて、確実に、言語(学)的な「書き手」であった。

『邪宗門』においてすでに、「からら、からら、ら、ら、ら……」(「鈴の音」)、「ち、ち、ち、ち、と、もののせはしく」「ち、ち、ち、ち、と絶えずせはしく」(「雨の日ぐらし」)、「ひりあ、ひすりあ。／しゆツ、しゆツ……」(「暮春」)、「水落つ、たたと………」(「浴室」)などの音を本体とするリフレインがみられることは、白秋がそうした「書き手」であったことを示している。『邪宗門』にみられる「……」は時に長く、時に短く、その頻用がいささか、いわば「思わせぶり」でなくもないが、それは「音の間《ま》」「音の空白」を、文字化された作品中において示すために必要であったと推測する。

仏教、西洋哲学両域の研究で知られる河波昌《かわなみあきら》は「白秋における思想的なものと感覚的なもの」(『白秋全集』月報20)において、白秋の作品が「余りに感覚的であるためか、かれの芸術における無思想性が云々されることにもなる」と述べ、その上で「たとえば中野重治に見られるごとき白秋批判の精神的な地平は、そのまま近代日本の知識人層の思考の地平を代表しているものといえよう」と述べ、「思想的なものが感覚的なものに優先しているという観念」こそが「プラトン主義に代表されるごとき西欧思想の根幹をなすものにほかならない」と指摘する。そして、白秋における詩作、歌作を全身全霊をあげての「感覚の理性支配からの解放戦争であり、また近代的な自我から感覚そのものを解放する熾烈な戦いの連続」であったと述べるが、首肯できる。さらに河波昌は「感覚とは、本来的には単に主観的な心に属するものでもなく、ましてものに属するものでもない。むしろそれは主客未分の宇宙の最原初的な出来事であり、そこから無尽の心の、そして詩歌の世界の展開もある」と述べ、「かかる点、西田幾多郎の「純粋経験」の考え方と軌を一にする点も考えられる」と述べる。このように考えると、白秋の作品をどう評価するかということが、評価者あるいはその評価に「同調」する人々の「精神的な地平」をあらわにすることになり、白秋を「補助線」にすることによって、さまざまなことがらを秤量《しょうりょう》することができることになる。

リアリズムという陥穽

日夏耿之介は、白秋の生活を「享楽」的とみなし、「下獄」してなお「軽浮」的な作品をつくったとして白秋を否定する。これはあたかも「真面目に生きて真面目な作品をつくれ」といっているように感じられる。中野重治も結局は、白秋が「物をそのものとして示すことができない」ことを批判しているが、両者の評価の基準はほぼ重なっている。こうしたいわば「リアリズム」的な「よみ」の延長線上に、瀬戸内晴美『ここ過ぎて　白秋と三人の妻』(一九八四年、新潮社)あるいは道浦母都子「林檎の香」(一九九三年、岩波同時代ライブラリー『男流歌人列伝』)があるといってよいだろう。

北原隆太郎は『父・白秋と私』において、よく知られている「君かへす朝の舗石《しきいし》さくさくと雪よ林檎の香のごとくふれ」をあげて、道浦母都子が「甘い逢瀬の後なのであろう」と述べていることについて、「白秋の意識的な芸術創作上の表現に眩惑され、その言葉の魔術の罠にみごとにはまってしまった」と述べ、「君かへす」の歌はもともと「雪しろき朝の鋪石《しきいし》さくさくと林檎嚙みつつゆくは誰が子ぞ」という、明治四十五(一九一二)年一月に『朱欒《ざんぼあ》』に発表された歌であったことを示した上で、「私小説的な告白や報告、自然主義的文学観とは、父の深遠な芸術観は全く異っている」と述べている。

第五章

光を求めて

——三浦三崎、小笠原への巡礼行

光りて企《たくら》む虫の角《つの》メフィストフエレスが身のこなし

（『真珠抄』「永日礼讃」）

物言はぬ金無垢の弥陀《みだ》の重さよ

（同「金」）

『真珠抄』表紙

三崎へ

大正二(一九一三)年一月二日、白秋は海路、三浦半島の三崎に渡った。真福寺に寄寓中の漢学者、公田《こうだ》連太郎を訪ね、十二日間、三崎に滞在してから帰京する。そこで、夫と離婚した後に胸を病んだ福島(松下)俊子が横浜にいることを知り、俊子を救おうと決意し、父母の許しを得て、正式に妻とした。同年五月には一家で、三崎町向ヶ崎に移り住む。ここから翌年大正三(一九一四)年の二月まで、三崎二町谷《ふたまちや》の臨済宗見桃寺、三崎町六合《むつあい》(海外《かいと》)四〇四二番地と居を移しながらも、白秋は三崎で暮らすことになる。

三崎に渡ってから、大正三(一九一四)年十二月に『白金之独楽』を出版する頃までの時期に、さまざまなことを綴った十一冊のノートが残されている。『白秋全集14』(詩歌ノート2)においては、このノートを「三崎ノート」と名付け、「詩や歌の草稿のうち比較的まとまった形で書かれたもの、および詩歌集の編成プラン、スケッチの一部を選んで」収めている。こうした資料も参考にしながら、まずは三崎時代の白秋の足跡をたどってみることにしよう。

「ソフィー」と「三八七」

歌集『桐の花』が刊行されたのは、大正二(一九一三)年一月二十五日。同月二日に三崎へ渡ってほどなくのことである。この作品はさまざまな意味で、俊子との

「事件」を意識せずによむことはできない。

例えば『桐の花』の「哀傷篇」の扉ページには白秋自筆の挿絵の紙片が貼付されているが、囚人がかぶるような編み笠をかぶった女性と、その足元に赤い舌を出すヘビが描かれている(図9)。その裏ページには「罪びとソフィーに贈る／「三八七」番」と記されている。「ソフィー」は『青き花』の作者、ノヴァーリスの恋人の名で、白秋が、ともに下獄していた俊子に与えていた愛称であり、「三八七」は白秋自身が下獄中に与えられた番号であった。

大正元(一九一二)年九月に刊行された『朱欒』には、「わが敬愛する人々に」という題名の八月二十八日付の白秋の手記が載せられているが、そこには次のようにある。

図9 『桐の花』「哀傷篇」扉

文芸の汚辱者として高品な某文芸新聞の譏笑を受けた事に就きましては、それらの凡てが事実で無かつたにせよ、小生は今更何等の弁解も致し度く御座いません。哀れな芸術の追求者たる小生にはただ軽い微笑と小さな寛恕とを彼等一団の文芸記者――詩人文士達にお送りする丈の光栄を有しさへすれば凡てが無事なやうに思はれます。
小生は何事も有の儘に申上ます。或る人――の告訴に依り、身を斬られるほど耻かしい姦通被告事件の一方の被告として、某分署長及某主任検事の再三の同情ある取做しがあつたに拘らず、色々の事情から改めて検事局の摘撥を止むなく受けるやうに為つた事も事実です。先月の六日に第一回の裁判を受け、女と共に他の窃盗人殺印鑑偽造等の囚徒達と囚人馬車に同車して市ケ谷の未決監に送られたのも事実です。其処で小生は第八監十三室「三八七」といふナンバーに名を改めました。第二回の裁判には編笠に手錠を篏められた儘他の犯罪人と一緒にぞろぞろ曳かれて出なければなりませんでした。而して在監二週日の後同月の二十日に保釈の許可を得て帰宅、同二十八日に第三回の公判延期となり、本月十日の公判に簡単に無罪免訴の言渡しを受けて、刑事上には全く此の事件と関係を絶つ事に成りました。(中略)
兎に角、小生が他の妻女たる人と苦しい恋に堕ちかかつてゐて猶且二人共長い間耐え忍んでゐた事も事実ですし、激しい盲目的な愛情の為に夫も棄てその子も棄て真に棄身《すてみ》になつて縋りついて来た女に対して終に自己の平時の聡明に自ら克ち得なかつた事も極めて浅ましい最近の事実で御座います。小生も全たくまよひました。而して愚かな狂熱の堝壺《るつぼ》の中に一切の智慧も理性も哀楽も焼け爛らして了つたのです。冷酷な自己批判の笞《しもと》は一々哀れな霊魂を鞭ちます——如何にも小生は立派な倫理道徳の汚辱者に相違御座いません。刑事上の一罪囚に相違御座いません。

『桐の花』と「事件」

作品を、まずは「虚構(フィクション)」ととらえ、作者の伝記的事実と過剰に結びつけないようにして理解することは重要であるが、右の白秋の言説が(白秋の意識を通した)「事実」の表明であるとすれば、その「事実」とイメージ上重なり合う作品が『桐の花』に少なからずみられることもまたたしかなことである。たとえば「かなしきは人間のみち牢獄《ひとや》みち馬車の軋《きし》みてゆく礫道《こいしみち》」「一列《ひとつら》に手錠はめられ十二人涙ながせば鳩ぽつぽ飛ぶ」「鳩よ鳩よをかしからずや囚人《めしうど》の「三八七《さんはちしち》」が涙ながせる」などは、いかにも収監の情景を思わせるだろう。

刊行された『桐の花』には四四九首(「集のをはりに」に挿入されている「この心を誰か悲しく弄ばむやんごともなし/やんごともなし」一首を加えると四五〇首)が収められているが、元々は、もっと少ない歌数での出版が計画されていた。

「事件」の前年、明治四十四(一九一一)年十一月一日に白秋が主宰する『朱欒』の創刊号が刊行されるが、そこにある『桐の花』刊行の広告をみると、「収むるに新声三百余首、単に自然の推移に任せて「春」「夏」「秋」「冬」「心」の五章とし、添ふるに「桐の花とカステラ」以下のESSEY五篇を以てせり」とある。この広告に比して、出版された『桐の花』において、「ESSEY」つまり「小品」は一篇、歌は一五〇首ちかく増えていることがわかる。松下俊子との「事件」にかかわる作品がこの中に含まれているとみるのが自然であろう。

だが、その「事実」との関わりは決して単純なものではない。この一群の中に、「囚人馬車」から降りる時にふと「やつこらさのさといふ気に」なり、「やつこらさと飛んで下《お》りれば吾妹《わがも》子《こ》がいぢらしやぢつと此方《こち》向いて居り」とあるのをみると、事実と重なりつつも、「白秋らしさ」のある作品であると感じられる。逆境の中にありながら「わが睾丸《ふぐり》つよくつかまば死ぬべきか訊《き》けば心がこけ笑ひする」「梟はいまか眼玉《めだま》を開くらむごろすけほうほうごろすけほうほう」などと歌うところも、「事件」をみつめる、ちがった面での「白秋の心」を感じさせるものではないか。

白猫のイメージ

「事件」は結果的に示談が成立し、白秋は無罪放免されたのだったが、白秋はむしろ無罪となってから悩み苦しんでいるようにみえる。次に引用する『桐の花』「小品六篇」のうちの「白猫」の扉ページには、目が黄色く塗られた白猫と、タンポポが描かれた紙片が貼られている。

——銀座の二丁目から三丁目にかけて例《いつ》も見馴れた浅はかな喧騒の市街が今はぼかされ掻き消されて、ただ不可思議な恍惚と濃厚な幻惑とが恰度水底のキネオラマのやうに現出する。

その底を私は歩行《ある》いてゐた。たとへ無罪になつたにせよ、かりにも人妻と牢獄に堕ちた私、敗徳者、——私は深い心に泣き乍ら幻想の燈《ひ》かげに弱つた身体《からだ》を労つてゆく、潤《しめ》つた霧がそこにもここにも重い層をなして私の身辺を圧へつける。（中略）而も耻と悲哀に弾ぎれさうな胸を抑えて、怖々《おづおづ》と人目を忍んで歩《あ》るいてゆく切りつめた今の自分の心にも何時しか忘れはてた淫蕩な罪の記憶が泣かむばかりに芽ざしてくる浅間しさ。白い霧の中に立つて振り返ると、白い尻尾でも動くやうに足元から怪しげな影が逃げてゆく、向き直つてそつと歩み出すと重い霧の層までが又ふうわりと後から白くからみつく。真白な獣《けもの》、私は顫へて自分の身体がさうした陋《さも》しい不思議な白い獣《けもの》に変化してゆくのではないかと思つた。

「キネオラマ」は「キネマ」と「パノラマ」の合成語で、「キネラマ」ともいう。パノラマの背景に光線をあてるなどして、景色を変化させて見せる装置で、明治末期から大正期にかけて流行した興行で浅草にはその常設館があった。都会の霧がからみつく「白い獣《けもの》」、白い猫という表現そしてイメージは『邪宗門』や『思ひ出』にみられないもので、注目しておきたい。「白猫」は「私はまた静かに寂しい闇の核心を凝視《みつ》めながら、更に新らしい霊魂の薄明《ツワイライト》を待たねばならぬ」という一文で終わる。

あるいは、『桐の花』の末尾に置かれた「集のをはりに」の中には次のようにある。

わが世は凡て汚されたり、わが夢は凡て滅びむとす。わがわかき日も哀楽も遂には皐月の薄紫の桐の花の如くにや消えはつべき。

わがかなしみを知る人にわれはただわが温情のかぎりを投げかけむかな、囚人 Tonka John は既に傷つきたる心の旅びとなり。

この集世に出づる日ありとも何にかせむ。慰めがたき巡礼のそのゆく道のはるけさよ。

この三崎に暮らし始めた頃から、俊子との生活、小笠原への転居、そして離別を経て、江口章子《あやこ》との結婚に至る頃までの時期は、おそらく白秋にとっていったん「汚され」「滅びむと」した世界を取り戻していく時期にあたる。この時期の作品にみられるイメージの、その後の「変奏」をみることで、白秋がいかに自分を取り戻していったか、その「昇華」のみちすじを追う事にしたい。

「三崎俗調」から

『桐の花』刊行前、一月二日から十二日間の三崎滞在に基づく作品として、白秋は『朱欒』第三巻第二号(大正二〈一九一三〉年二月一日刊)に「三崎俗調」と題した二十六首、第三巻第四号(同年四月一日刊)に「落日哀歌」と題した十九首を発表している。たとえば「三崎俗調」のなかに、次のような歌がある。

日が照る海がかがやく鰯船板子たたけりあきらめられず

これは「日が照る」「海がかがやく」「鰯船板子たたけり」「あきらめられず」が並べられているだけともいえる作品で、かつ短歌としての調子も保たれていない、いわば「破調」の作品である。ここには「言葉の魔術師・白秋」はいないといってよい。感覚がとらえた外界をそのまま言語化し、そのままつなげ、「あきらめきれない」という自身の心情を吐露しただけのようにみえるが、それだけ白秋は自身を失っていたのであろうか。
この作品は、後に『雲母集《きらら》』(大正四〈一九一五〉年、阿蘭陀書房)の、「流離抄」と題された三十四首の中に収められることになり、その際、前後に次のような歌が並べられることになった。

来て見ればけふもかがやくしろがねの沖辺はるかにゆく蒸汽《ふね》のあり
日が照る海がかがやく鰯船板子《いたご》たたけりあきらめられず
八景原《はつけばら》春の光は極みなし涙ながして寝ころびて居る

このように配置することで前後の歌と響き合い、「破調」の印象がかなり和らげられている。たとえ破調であっても、「あきらめられず」という表現を含んでいるこの歌は、やはり白秋にとっては捨てられない作品だったのであろう。それを前後の歌との共鳴によって、活かすことを試みたのではないか。
あるいは、先述の「三崎ノート」には、次のような二首が記されている。

日だまりに光りゆらめく黄薔薇《くわうしやうび》ゆり動／かして友呼びにけり

~~にこやかにおうと応《いら》へしわが友が~~
黄薔薇光りゆらめくとも知らず君は涙を流すなりけり　（――はノートでの抹消を示す）

二首目の「君は」の下には「我は」と書き込みがあり、また「黄薔薇光りゆらめくとも知らず友／は二階に彼方《あち》向きてゐる」「友は笑顔もにこやかにして」「友は笑ひぬうららかなれば」などさまざまなかたちが記されているなど、白秋の「推敲」を窺わせる。

この「日だまりに」と「黄薔薇」は、最終的に、『雲母集』の「三崎哀傷歌二十四首」に次のようなかたちで収められている。

三崎真福寺

日だまりに光りゆらめく黄薔薇《くわうしようび》ゆすり動かしてゐる鳥のあり
黄薔薇《くわうしようび》光りゆらめくとも知らず雀飛び居りゆらめきつつも

「友呼びにけり」「君は涙を流すなりけり」という、いわば「人事」にかかわる表現が「鳥」「雀」といった「自然」の描写に置き換えられている。そのことによって、いわばあからさまな「悲痛さ」「痛切さ」は失われていることが、読み比べるとわかるのではないだろうか。

「読み手」は作品をかたちづくる、顕在化している語をよみ、そこから受けるイメージをもとに作品をよむ。『雲母集』の二首のみをよんだ読み手は、「三崎ノート」に残された悲痛さを感じとることはできない。これは、『雲母集』に載せられているかたちにかえた時に、白秋の心情が、三崎での痛切さから離れていたことを示すかもしれない。だが一方で、白秋の三崎の記憶、イメージに基づく「黄薔薇」を通じて、「三崎ノート」のかたちとの呼応を感じ、あからさまではないために、よりいっそう、その「悲痛」を感じることもありうるだろう。

どうよむのが正しいかを述べようとしているのではない。だがこうした一つのイメージの変遷をたどるだけでも、歌は異なる意味を持ち始めることもある。そうした意味合いにおいて「読み手」はつねに謙虚な「読み手」であるべきだろう。

今あげた「三崎ノート」の二首の前に、「三崎旅情の歌」として、次のような歌がある。

黄色いたんぽぽ、
赤いたんぽぽ

過ぎし日は消えてあとなくなりにけり昆布干場のたんぽぽの花

この歌と響き合うものとして、『桐の花』「初夏晩春」の「Ⅳ春の名残」一の冒頭には、次の作品が置かれている。

一九一〇暮春三崎の海辺にて
いつしかに春の名残となりにけり昆布《こんぶ》干場《ほしば》のたんぽぽの花

この作品は元々は、『創作』第一巻第四号（明治四十三〈一九一〇〉年六月一日発行）に「いつしかに春のなごりとなりにけり昆布《こんぶ》干場《ほしば》のたんぽゝの花（以下三崎の海辺にて）」というかたちで発表されたものであった。先にも述べたように明治四十三（一九一〇）年は白秋が次々と作品をうみだしていた年で、詩集『思ひ出』『東京景物詩』及び歌集『桐の花』の主要な作品がほとんどこの一年間につくられている。前年には『邪宗門』が刊行され、詩人としても歌人としても認められるに至っていたが、その一方で、実家の破産によって生活は苦しく、そうした時期に白秋は三崎の海岸に行った。その時につくられた歌である。つまりどちらも三崎でつくられているが、時期が異なる。

だが、先にあげた、「三崎ノート」に記されている「過ぎし日は消えてあとなくなりにけり昆布干場のたんぽぽの花」は、『白秋全集』別巻の「短歌索引」を調べても、発表された形跡がない。ならば「三崎ノート」のかたちは、どう受けとめればよいか。

第四句、第五句は『桐の花』に収められている「いつしかに春の名残となりにけり昆布干場《こんぶほしば》のたんぽぽの花」とまったく同じであることを考え併せると、筆者にはこれは「いつしかに」の歌を前提にした「過ぎし日は」ではないかと思われてならない。つまり実家の破産によって、生活が苦しくなっていたとはいえ、詩人としても歌人としても認められつつあった時期に三崎に渡ってつくられた「いつしかに」に対して、松下俊子との「事件」を経て、傷心の気持ちをもって渡った三崎での作品とみることができるのではないだろうか。そのことを「どうよむか」は、読み手それぞれに委ねられたものであるとしても、ここにある「変奏」が、読み手のイメージをふくらませるものであることは言えるだろう。

先に「小品」にある「白猫」の扉ページに貼られた小紙片にタンポポが描かれていることを述べた。そのタンポポの花は黄色く塗られていた。それは「いつしかに春の名残となりにけり昆布干場《こんぶほしば》のたんぽぽの花」の次に置かれている「寝てよめば黄なる粉《こな》つく小さき字のロチイなつかしたんぽぽの花」というイメージのタンポポの花ではないかと思う。「ロチイ」はフランスの小説家ピエール・ロティで、日本では「お菊さん」の作者として知られている。『東京景物詩及其他』に収められている「銀座の雨」には「さても緑の、宝石の、時計、磁石のわびごころ、わかいロテイのものおもひ。」という行りがある。

しかし白秋には別のタンポポの花のイメージがある。

本書第一章において、明治三十七(一九〇四)年に白秋の親友であった中嶋鎮夫が自殺し、それをきっかけに白秋が長篇詩「林下の黙想」をつくったことを述べたが、『思ひ出』には「たんぽぽ」という題名の詩が収められている。初出は『創作』の第二巻第四号(明治四十四〈一九一一〉年四月)で、「わが友は自刃したり、彼の血に染みたる亡骸はその場所より静かに釣台に載せられて、彼の家へかへりぬ。附き添ふもの一両名、痛ましき夕日のなかにわれらはただたんぽぽの穂の毛を踏みゆきぬ、友、時に年十九、名は中嶋鎮夫」とあって、中嶋鎮夫の自刃を、その七年後に詩にしたものと思われる。詩の各連は、第四連が「あかき血しほはたんぽぽに」と始まる以外はすべて「あかき血しほはたんぽぽの」から始まり、「たんぽぽ」と「血」「赤」あるいは「夕日」とが結びつけられている。黄色いタンポポと、赤いタンポポ、ここにもイメージの「変奏」がある。

「法悦味」に至る

『雲母集』の末尾に附された「雲母集余言」には次のようにある。

本集は大正二年五月より三年二月に至る、相州三浦三崎に於ける私のささやかな生活の所産である。この約九ケ月間の田園生活は、極めて短日月であつたが、私に取つては私の一生涯中最も重要なる一転機を劃したものだと自信する。初めて心霊が甦り、新生是より創まつたのである。（中略）

向ケ崎の異人館生活は五月より十月迄引続いた。その間、父と弟とは遊び半分、殆ど夢見るやうな気持で、場所の有利なのを幸に、土地の漁船より新鮮な魚類を買ひ占めて東京の魚河岸に送る商賈をはじめた。（中略）この仕事は結局失敗に終つた。而して昔の九州の古問屋としての華やかなロウマンスの百が一の効果も得なかつた事に就て私は何より父に気の毒な感じを持つ。それやこれやで私たちの寂しい一家はまた都会の生活が恋しくなつて、秋が来るとすぐ東京に引上げて了つたのである。それで私だけは居残る事になり、二町谷の見桃寺（桃の御所）に移つた。而して翌年の二月、小笠原島に更に私が移住する迄の間、殆ど四ケ月あまりの日月を、その寺の寂しい書院で静かな虔ましい生活をしてゐたのである。

此三崎生活の内容に就ては作品が凡てを証明すると思ふ故、これ以外何にも言はぬ。只初めは小児のやうに歓喜に燃えてゐた心が次第に四方鬱悶の苦しみとなり、遂に豁然として一脈の法悦味を感じ得たと信ずる（中略）。
「静かな處ましい生活」の果てに「遂に豁然として一脈の法悦味を感じ得た」と述べていることに注目したい。

城ヶ島の雨

右の「雲母集余言」で述べられているように、三崎での生活ののち、白秋は大正三（一九一四）年三月三日、俊子、藤岡伊和、加代姉妹とともに小笠原父島に渡る。俊子の胸部疾患の養生のためであったが、島民は肺病をつよく忌避したために、白秋以外の三人は、早々に島を離れることになり、白秋も七月には麻布十番の家に戻ることとなった。

この小笠原、麻布に居住していた頃につくられた、三浦三崎の生活から材を採る「畑の祭」と題された一連の作品がある。単行の詩集として出版されることはなく、アルス版『白秋詩集』第一巻（大正九〈一九二〇〉年八月刊）に収められた。その序のような文章において白秋は、諸《もろ》磯神明宮《いそしんめいぐう》の祭礼についてさまざまに記し、「凡てが如何にも馬鈴薯式なので村の祭とか田舎とか云つたりするより却て「畑の祭」とした方が適当かも知れない。この俗謡調はその山車のお囃子として作つて見たのである」と述べている。

白秋がいう「俗謡調」を示すために、「三浦三崎」と題された作品の第一連をあげてみよう。

三浦三崎

その日ぐらしの山樵《やまがつ》が
斧鉞《まさかりよ》かついでたゞ涙。
通草《あけび》も真赤《まつか》にはぢきれた、
鳥もケンケン飛んでゆく、
うんとこどつこい、よいとこな。
急いで下《お》りなきや日が暮れる。
うんとこどつこい、よいとこな。

いうまでもなく「マサカリョ」は「マサカリ」の訛語《かご》形と思われ、そうした訛語形を使い、「うんとこどつこい、よいとこな」のような囃子詞《はやしことば》を採り入れている。「俗謡」は「通俗的な歌謡」の謂いと考えてよいだろう。

この「畑の祭」の末尾に「城ケ島の雨」が置かれている。

城ケ島の雨

雨はふるふる、城ケ島の磯に、
利休鼠の雨がふる。
雨は真珠か、夜明の霧か、
それともわたしの忍び泣き。
舟はゆくゆく通り矢のはなを、
濡れて帆あげたぬしの舟。
ええ、舟は櫓でやる、櫓は唄でやる。
唄は船頭さんの心意気。
雨はふるふる、日はうす曇る。
舟はゆくゆく、帆がかすむ。

これは大正二(一九一三)年、中山晋平、梁田貞《やなだただし》、小田島次郎らの若い音楽家たちが中心となって、島村抱月《ほうげつ》が主宰する芸術座で、新作歌曲の発表会が計画され、白秋に「舟唄」の作詞が依頼された結果、つくられたものである。詩は十月下旬にはできあがり、梁田貞が作曲し、十月三十日の夜に、数寄屋橋《すきやばし》有楽座で、梁田貞自身の独唱で発表された。発表当時の評判はあまりよくなかったという話もあるが、後に大正六年に奥田良三のレコードが全国的にヒットした。現在では城ヶ島大橋のそばに歌碑が建立されている。

「城ケ島の雨」がつくられた翌年、大正三年六月に刊行された『三田文学』第五巻六号には、「雨中小景」という次のような詩が発表された。

雨はふる、ふる雨の霞がくれに
ひとすぢの煙《けぶり》立つ、誰《たれ》が生活《たつき》ぞ。
銀鼠《ぎんねず》にからみゆく古代紫、
その空に城ケ島ちかく横たふ。

(中略)

遥なる岬には波もしぶけど、
絹漉《きぬごし》の雨の中《うち》、蜑小舟《あまをぶね》ゆたにたゆたふ。
棹あげてかぢめ採《と》りゐる
北斎の蓑と笠、中にかすみて

一心に網うつは安からぬけふ日《び》の惑《まど》ひ。

これは後に『白秋詩集1』に「畑の祭」として収められることになる。さらにその翌年、大正四年八月一日に刊行された『新日本』第五巻第八号には、「三崎風景」という総題のもとに「澪の雨」七首が発表されている。うち四首を引いておく。

しみじみと海に雨ふり澪《みを》の雨利休鼠となりてけるかも
城ケ島のさみどりの上《へ》にふる雨の今朝《けさ》ふる雨のしみらなるかな
北斎の簑と笠とが時をりに投網《とあみ》ひろぐるふる雨の中
通り矢と城ケ島辺にふる雨の間《あひ》の入海舟わかれゆく

これら七首はのちに『雲母集』に、「澪の雨」という題で収められることになった。これらの三作品には、明らかにイメージの連鎖がある。白秋は同じようなイメージをまず民謡という「器」に盛り、次には詩という「器」に盛り、さらに短歌という「器」に盛ってみせた。「言葉の魔術師」白秋の面目躍如といったところだろうか。

「北斎の蓑と笠」という特徴のある表現が、短歌にも詩にもみられることには注目したい。「北斎」とあるのだから、浮世絵作品をさしているだろう。よく知られている歌川広重の東海道五十三次の「庄野白雨《しょうのはくう》」のような雨と蓑、傘か、あるいは葛飾北斎の「千絵の海　総州利根川」のような「投網《とあみ》」のイメージだったか、いずれにしても、蓑、傘を附けた漁師が雨の中で漁をしているというイメージが「城ケ島の雨」の背後にあることが窺われる。それは「ひとかたまり」になったイメージ（の束のようなもの）で、それがさまざまなかたちをとって言語化されているということだろう。

三崎時代に得たイメージは、こうして姿を変えながら、白秋作品の中に息づいていく。

「短唱」の発見

大正三（一九一四）年七月、東京に戻った白秋は、結局俊子と合意の上で離別することになる。その後九月には巡礼詩社から『地上巡礼』を創刊し、印度更紗《いんどさらさ》第一輯《しゅう》短唱集『真珠抄』を、十二月には印度更紗第二輯『白金之独楽』を金尾文淵堂《かなおぶんえんどう》から刊行することになった。

翌大正四（一九一五）年三月には『地上巡礼』が六冊刊行したところで廃刊となるが、四月に実弟鐵雄と阿蘭陀《おらんだ》書房を創立し、文芸雑誌『ＡＲＳ《アルス》』を創刊。さらに五月には詩集『わすれなぐさ』を、八月には歌集『雲母集』を阿蘭陀書房から刊行する。だが十月には七冊刊行したところで『ARS』もまた廃刊となった。

まず『真珠抄』をみてみよう。

タイトルページには、赤い文字で「真珠抄」と右横書きに印刷され、その下にはやはり右横書きの黒い文字で「及び短歌」とある。これは「真珠抄及び短歌」ということになるが、「本文」の冒頭には「真珠抄　短唱」とある。この「短唱」とは何だろうか。

『真珠抄』末尾に置かれた「真珠抄余言」には次のようにある。

真珠抄の短唱六十八章は千九百十三年九月わが三崎滝留中初めて提唱し、そののちをりをりに書きあつめたるものなり。わが短唱はわが独自の創見にして、歌俳句以外に一の新体を開くべきものなり。詩形極めて短小なれども、かの如く既成形式によらず、自由にリズムの瞬きを尊重し、真実真珠の如く、純中の純なる単心の叫びを幽かに歌ひつめんとするなり。わが短唱も愈日本在来の小唄のながれを超えて幽かに象徴の奥に沈まむとす。白金の静寂わが上に来る、歓ばしきかな。

巻末に添へたる短歌のうち正覚坊玉蜀黍の二章二十二首は南海の遠島小笠原放浪中の記念にして、途上所見の八首は最近の新作なり。

巡礼のふる鈴はちんからころりと鳴りわたる
一心に縋りまつればの
（五五八五五八＝三十六）

親鸞上人ならねども雪のふる山みちをしみじ
みと越え申す雪はこんこん山みちを
（八五五五五五七五＝四十五）

それぞれの作品の後ろに丸括弧に入れて、試みに拍数を示してみた。どのように区切るかということ自体が「既成形式」を離れた「独自の創見」に含まれていると思われるが、いずれにしても、短歌の三十一拍を超えて、三十六拍、四十五拍でつくられている。そうした意味合いにおいて、「短唱」は短歌と詩との中間的な形態といえよう。

右に試みに示したように、五拍七拍を基調にしているとはいえ、八拍も交じり、その瞬間に白秋が感じた「リズムの瞬き」によってつくられていることが感じられる。木俣修は白秋の没後に、白秋の句集『竹林清興』(一九四七年、靖文社)を編んでいるが、同書に「北原白秋と俳諧」「編纂小記」という二つの文章を添えている。前者において、『真珠抄』の「短唱の形式及びこの時代の白秋の光明讃仰、「麗かや」の精神が当時の俳壇、殊に新傾向俳句の「層雲」派や

「海紅」派の人々に注視され、幾多の影響を与へるところとなつた事実がある」と述べている。『層雲』の主宰者であった荻原井泉水《せいせんすい》に対して、白秋は立場が異なることを表明してもいるが、自由律俳句の側が、白秋の「短唱」に注目していたことには留意しておいてよいと考える。

ところで、先に引いた白秋の言説には、「小唄のながれ」「象徴」という表現がみられる。右にあげた二つの作品は、童謡につながっていくような「風合い」をもつ。その一方で、次の作品は「象徴」詩的な「風合い」をもつ。

　　卓上
深《ふか》い溜息《ためいき》がきこえた、はあていまのは誰のとい
きぞわが前の真赤な酒のさかづき
けふも暮るるかあかあかと暮るるか何もせな
んだでなう
われもする人もする長ためいきのヴァイオリン
ほのかならずば何かせむ惜め涙よ
純真無垢《じゅんしんむく》の涙こそわれと汝《な》がものヴエルレン

「晩秋」「落日」「夕暮」「吐息」「赤い酒」は白秋において、共起する語であるが、それはそうした語それぞれがもつイメージが白秋において連関をもっているためであろう。

他にも『邪宗門』にみられる「噴水の吐息」という表現は、筆者に、室生犀星と萩原朔太郎が始めた雑誌『卓上噴水』を思わせる。放恣なみかたであることを承知でいえば、白秋がもっていたイメージの連鎖は、白秋が認めた室生犀星、萩原朔太郎にも共有されていたと考えることはできないだろうか。「同じ感性」という表現がある。そのように、イメージを共有していた、そういうイメージ、感性の中に時代があった、といえば、それもまた放恣なみかたであろうが、そう思いたくなるような「うずまき」を感じる。

地上巡礼

『真珠抄』が刊行された大正三(一九一四)年九月には、巡礼詩社から『地上巡礼』が創刊される。その創刊号に、白秋は「島から帰って」という文章を載せ、小笠原にいた頃のことを記している。

小笠原は日月ともに大きく、椰子檳榔のかげに四時鶯や瑠璃鳥が鳴き、空も海も燦爛として瑠璃の光輝を耀かしてゐた。真赤な崖や山腹の畑には芳烈な鳳梨が数列に配置され、それに鮮緑のトマト、暗紫色の茄子、青いバナナの葉などが、まるで印度更紗のやうに渋く熱く強く光り耀いてゐた。（中略）そこに私は二月から七月まで全く世間と毀誉褒貶から遠離し去つて、殆んど身も霊ひも素つ裸になつて、悠々自適の簡素な生活をしてゐた。私の霊は益洗礼され、私の肉体は益健康になつた。（中略）私はそこで大きなトンカジョンで通したのである。（中略）

父島滞留の半ケ年がどれほど私を赤裸々にし人間らしく大胆に純一に真実にさして呉れたか、それは私の近作を見て下すつたらわかる事と思ふ。何事も仇ではなかつた。禍が禍でなかつた。この一二年間の甚大な心霊の苦しみが今こそ私に一点の白金光を与へてくれたのである、沈下し尽して、底から燦々と光り出した光明である。もう大丈夫だ。私は歓喜に目が眩みさうに覚える、燕麦にも後光が射す、人間が光らずにゐられる筈がない。

白秋の右の文章をよむと、「事件」後に三崎に渡り、さらに小笠原父島に渡った白秋は（結果として、ということのようにも思われるが）「地上巡礼」をしていたのだということがわかる。「地上巡礼」は詩誌の名前であり、詩的なイメージを支えるものであることはいうまでもないが、白秋にとっては、その語が、自身の生活と深く結びついていたと覚しい。白秋にとって、詩は生活であり、生活は詩であったといえばよいだろうか。生活のすべては詩となり、詩のすべては生活と結びついていく、それを「境地」と呼ぶのはむしろ軽いように思う。

先ほどふれたように、白秋のもつ「強いイメージ」は、例えば犀星に伝わり、朔太郎に伝わり、共有され、根を一つにしながら、犀星流の花を咲かせ、朔太郎流の花を咲かせたと、考えることはできないだろうか。白秋を中心にした「強いイメージ」の「うずまき」が周囲を巻き込みながら、うずを大きくしていくのが、この時期なのではないかと思う。

右にも霊の「洗礼」「白金光」「燦々と光り出した光明」という語、表現がみられるが、三木卓は『北原白秋』(二〇〇五年、筑摩書房)において、「金色化ともいうべき変化は、三崎にはじまり、小笠原で大いに自覚的なものとなり、『白金之独楽』の三日三夜に至って熱狂と化した」と述べ、「『真珠抄』『白金之独楽』『雲母集』という三冊の詩歌集を貫通するイメージ」を「金色化」と表現している。本章の最後に、幾つかの作品をあげておこう。

　　掌

光リカガヤク掌《テノヒラ》ニ
金ノ仏ゾオハスナレ。

光リカガヤク掌《テノヒラ》ニ
ハツト思ヘバ仏ナシ
光リカガヤク掌《テノヒラ》ヲ
ウチカヘシテゾ日モスガラ。

薔薇二曲

一
薔薇《バラ》ノ木ニ
薔薇《バラ》ノ花サク。

ナニゴトノ不思議ナケレド。

二

薔薇ノ花。
ナニゴトノ不思議ナケレド。

照リ極マレバ木ヨリコボルル。
光リコボルル。

ヤサイ

ギンノサカナノトビハヌル
ヤサイバタケニキテミレバ、
ギンノサカナヲトラヘムト、
ヤサイアハテテハヲミダス。

第六章

葛飾での生活

私の前に今冷たい紅茶が運ばれて来た。
私はぐつとそれを一息に飲み干して了つた。
蟬の声がする。
涼しい海の風が吹きぬけてゆく。
私は生きかへつた。

(『雀の卵』大序一 末尾)

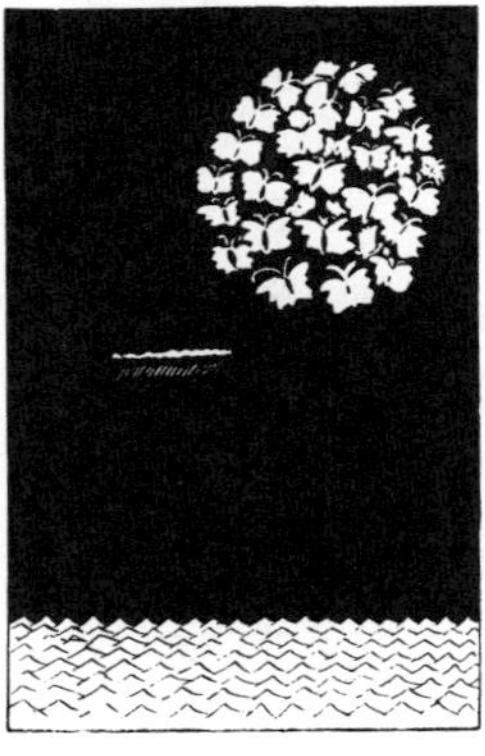

『雀の卵』挿画
(白秋による)

東京に戻った白秋は、大正五(一九一六)年五月中旬に江口章子《あやこ》と結婚して、千葉県東葛飾郡真間《まま》(現在の市川市真間)の亀井院に寄寓する。六月末には、東京府南葛飾郡小岩村三谷《さんや》(現在の東京都江戸川区北小岩)に移る。その後、巡礼詩社を改称した紫烟草舎を創立し、七月には、『東京景物詩及其他』に一章を加えて『雪と花火』と改題し、東雲堂から、十月には散文集『白秋小品』を阿蘭陀書房から、刊行する。十一月には紫烟草舎から詩歌雑誌『煙草の花』を刊行するが、二号で廃刊となった。

白秋と宮沢賢治

関登久也は『賢治随聞』(一九七〇年、角川選書)において「賢治は現代人の詩はあますところなく読みました。北原白秋、佐藤惣之助、萩原朔太郎はもちろんのこと野口米次郎も、蒲原有明も、島崎藤村もみなひととおりは読まれました」「しかし賢治の詩嚢はなかなか消化力があるのですから、いずれの詩人の詩も完全に消化しきって、ことごとく独自の賢治の顔貌と風韻になり変わったことは申すまでもありません」と述べている。さらに、「賢治は生前口癖に、といっても五、六度ぐらいなものでしょうが、白秋はえらいと申しておりました。白秋はたしかに偉大だと申しておりました。『春と修羅』第一集の二十四ページ、大正十一(一九二二)年五月十四日の〝習作〟の上の所に平仮名を横ならべにして「とらよとすればその手からことりはそらへとんでゆく」と書いてあります。この詩は白秋のもので、当時多くの人に親しまれた詩の一節ですが、賢治はこの詩を口ずさみながら心に浮かんだ自分の詩句をつらねたのだろうと思います」と述べている。後で述べるように、宮沢賢治は『春と修羅』を白秋に贈っていた。

『雪と花火』については面白いエピソードがある。入沢康夫によれば、宮沢賢治の詩集『春と修羅』に収められている長詩「小岩井農場」の次の箇所の下書きに「白秋」の名前がでてきているという(『白秋全集』月報3)。

あのときはきらきらする雪の移動のなかを
ひとはあぶなつかしいセレナーデを口笛に吹き
往つたりきたりなんべんしたかわからない
(四列の落葉松《らくようしやう》)
けれどもあの調子はづれのセレナーデが
風やときどきぱつとたつ雪と

どんなによくつりあつてゐたことか
それは雪の日のアイスクリームとおなし
(もつともそれなら暖炉《だんろ》もまつ赤《か》だらう
muscovite も少しそつぽに灼《や》けるだらう
おれたちには見られないぜい沢《たく》だ)

そして入沢康夫は、「現存する何段階か前の下書稿では、この部分は、次のようであった」という。

あのときはきらびやかな
ふぶきのなかでおぼつかない
セレナアデを吹き往つたり来たり
何べんおれはしただらう。
けれどもあの変てこなセレナアデが
透明な風や雪とよく調和してゐた。

一体さうだ。あの白秋が
雪の日のアイスクリームをほめるのと同じだ。
もつともあれはぜいたくだが。

ここには「あの白秋が」とある。白秋の「アイスクリーム」とはどのようなものだろうか。
たとえば、『雪と花火』には「花火」という作品があり、そこには次のようにある。

花火があがる、
銀《ぎん》と緑《みどり》の孔雀玉……パッとかなしくちりかかる。
紺青《こんじやう》の夜に、大河に、
夏の帽子にちりかかる。
アイスクリームひえびえとふくむ手つきにちりかかる。
わかいこころの孔雀玉《くじやくだま》、
ええなんとせう、消えかかる。

ここには「雪の日のアイスクリームをほめる」という語句も、そうした「内容」もよみとりにくい。しかし、賢治の詩にこの白秋の詩がかかわっているのだとすれば、賢治は白秋の詩を自身で嚙み砕き、消化し、賢治流のアウトプットをしていたことになる。入沢康夫はそれを「見事なアマルガム」(アマルガムは水銀と他の金属との合金のこと)と表現しているが、白秋の「イメージ」にふれて賢治がそれを自身の「イメージ」に転換していった例とみることもできるだろう。

山本太郎もまた、岩波文庫『フレップ・トリップ』の附録において、白秋の没後、白秋が永眠した阿佐ヶ谷の木造洋館建ての屋根裏部屋で宮沢賢治から贈られた『春と修羅』(大正十三〈一九二四〉年刊)の初版本を見つけたことを記し、「言葉の天才的な湧出と、その定着方法の独自の発明という点で、白秋と賢治はたしかにありきたりの抒情詩の枠をこきみよく破った詩人だ。言葉に筋力を与え、概念よりリズムこそ詩の思想だ、という考えにおいて相似ていた」と述べる。そして、宮沢賢治が唱えた「心象スケッチ(mental sketch)」という方法が、「白秋の実相観入、特に彼が『フレップ・トリップ』で駆使した流動体と明らかに通じあっている」と述べている。

人の世に生きて美を求める

この時期に出版された『白秋小品』の冒頭には「自序」が置かれているが、そこには「詩歌の製作のひまびまに、私は時々散文を書いた。詩のやうなものもあり小説のやうなものもあり、スケツチ風のものもある。私が詩人で、私の生活が既に詩であるから、多少世間の散文とは違つてゐるかも知れない、どうでもいい、私の散文はこれだ。これは確かに私の書いたものだ。之等の中には旧いのもあれば新らしいのもある。「葛飾小品」は最近のもので、私の現在の生活を其儘出したものだ。紫烟草舎の畑がこの野つ原の中からほそぼそと天にのぼつてゐるうちは、まだ沢山かういふ小品ができるだらう。さうしてこれから確かりした長い小説も作つて見る積りでゐる」とある。

「葛飾小品」の中で、白秋は「思ひのほか真間は俗なところだつた」と述べており、そうしたこともあって小岩村三谷に移り住んだのであろう。三谷について白秋は「どうも此方《こちら》はいい、素敵滅法界《すてきめつぽふかい》に明るいね、南瓜《かぼちや》はごろごろ畑に寝《ね》つころがつてゐるし、瓦焼の烟は上るし、緑のキヤベツは生物《いきもの》のやうに弾《はぢ》けかへつてるし、虫は啼くし、人はぢよきぢよき草を刈つたり、担《かつ》いで歩いたりしてゐるし、……私は真間《まゝ》から来て溜飲《りういん》の下つたやうな気がした」と述べ、「此《こ》処は人間離れがしなくていい。此処の畑《はたけ》に働いてゐる人間は皆此処《こゝ》の地面にぴつたり合《あ》つてる。野菜も人間も皆地面《みなぢべた》から湧き出した儘だ。私は再び土手《どて》へ上つて、三谷《さんや》の方を振りかへつた」、

「ああ、その親《した》しい風景の中に私に一番近く、柳が枝垂れ、ほそぼそと紫の煙を立てはじめた草葺の家、あれこそ私の家《うち》ではないか、妻がもう夕餐《ゆふげ》の煙を立ててゐる。私はたまらなくなつて茄子やもろこしの間を駈《か》け抜《ぬ》けた。紫の煙！　紫の煙！　私は私達のこの畑の中の新居を、その晩、紫烟草舎と名をつけた」と記している。

一般的に象徴主義の作品集ととらえられる『邪宗門』の刊行後、いわゆる「『桐の花』事件」によって悩み苦しんだ白秋は、三崎に渡り、小笠原に渡って、その経験の中から「金色」を感得し、次の歩みを始めたというみかたがこれまでなされてきている。そのようにとらえた場合、右の「人間離れがしなくていい」のような「自然主義」的な発言をどのように考えればよいだろうか。このことについて、吉田精一は『日本近代詩鑑賞 明治篇』(一九四八年、天明社)において、『邪宗門』について、その「根底の虚無観や、直接な生命にふれたいといふ欲情に於て「この時代の自然主義の精神と相応じ、共鳴する所があつた」と述べている。

たしかに「『桐の花』事件」を経験した白秋は「人の世」に生きるということと改めて向き合ったであろう。しかし、だからといって初めて「人の世」に向き合ったわけではない。柳河時代には柳河時代の「人の世」があったはずで、白秋はそうした「人の世」をそのまま作品にするのではなく、自身の「感性」の「フィルター」を通して作品をつくっていた。それが時に象徴主義的な作品としてアウトプットされ、時には自然主義的にみえる作品としてアウトプットされたということではないだろうか。

白秋遁走曲《フーガ》

自身の内奥から溢れ出ることばをさまざまな「器」に盛り、作品としてかたちづくっていった「言葉の魔術師」白秋は、類い希な「編曲家《アレンジャー》」でもあった。『白秋小品』には「葛飾小品」の他にも、「小笠原小品」「桐の花小品」「生ひたちの記」「朱欒のかげ」「植物園小品」「折々の手記」が収められている。これらの中で、「桐の花小品」という題名のもとにまとめられた「桐の花とカステラ」「昼の思」「感覚の小函」「白猫」の四篇は第一歌集『桐の花』に収められていた作品の再収である。また「生ひたちの記」は『思ひ出』に収められている「わが生ひたち」と小異はあるものの、その再収といってよい。「植物園小品」の冒頭の「春の暗示」は『桐の花』に収められている。

つまり、白秋は『白秋小品』を出版するにあたって、すでに発表した作品をとりこんだかたちで、『白秋小品』を編んだことになる。そして、再収された作品を含めて、全体が編年編集されていない点にも注目しておきたい。白秋は『白秋小品』を一冊の(新たに送り出す)本として編んだといえよう。

単行本『白秋小品』では冒頭に位置していた「葛飾小品」は、後にアルスから出版された

『白秋全集XII』においては、末尾に位置を移され、さらに単行本には収められていなかった「蘆間の煙」「潮来の黎明」「童心」が加えられている。その他、「感覚小品」には「印象日録」が、「小笠原小品」には「小笠原の夏」「黒人の夢」「正覚坊と禿」「小笠原夜話」が、また新たに「麻布小品」が加えられている。いわば、また新しいかたちの『白秋小品』がうみだされていることになる。そして、単行本と同じ作品であっても、振仮名や表記における「小異」があることも少なくない。

白秋の内奥からはつねにことばが溢れ出ており、それは作品として言語化された後も、その作品を揺り動かすように作品の周辺を巡っていた。白秋においては、「決定稿」はないのかもしれない。そして生来の「編曲家《アレンジャー》」でもあった白秋は一冊の書物を編むにあたっても、さまざまなかたちを模索し続け、一つのかたちに安住することがなかった。白秋においては、夥しいバリエーションを「変奏曲」として受け入れるのがよいのではないだろうか。

しかしまたそこに一貫して看取できるものもある。『白秋小品』の初版の函には『桐の花』で使った首の赤い蛍を模様として散らした花瓶のカットが使われている。それは『桐の花』と『白秋小品』をつなぐ「回路」とみることができるが、「首の赤い蛍」といえば、それは「赤い首の蛍に、或は青いとんぼの眼に」「恐ろしい夜の闇にをびえながら、乳母の背中《せなか》から手を出して例の首の赤い蛍を握りしめた時私はどんなに好奇の心に顫へたであらう」(「わが生ひたち」)、「思ひ出は首すぢの赤い蛍の／午後《ひるすぎ》のおぼつかない触覚《てざはり》のやうに、／ふうわりと青みを帯びた／光るとも見えぬ光？」(「序詩」)のように、『思ひ出』に繰り返し使われている語であり、そのことからすれば、『白秋小品』は明らかに『思ひ出』につながっている。白秋の「読み手」はさまざまな変奏曲を楽しみながら、また通奏低音として響く白秋のイメージに耳を傾ける必要がある。

谷崎潤一郎「詩人のわかれ」

谷崎潤一郎「詩人のわかれ」は大正四(一九一五)年四月号の『新小説』に発表されている。後に単行本『刺青』(一九四七年、全国書房)に収められた際には「作者記」として「自分がこれを書いたのは大正五六年の頃であることが分る。自分はこれを当時の「新小説」誌上に、「此の一篇を北原白秋に贈る」と云ふ献呈の辞を附けて発表したのであつた。結局のところこれは小説には違ひないが、初めの方の大部分は事実をそのまま書いたもので、Aは吉井勇、Bは長田秀雄、Cは自分、Fは紫烟草舎時代の故北原白秋のことである。自分はこれが作品として何程の価値があるかを知らない。たゞ此の中には、三十歳前後の自分たちの姿がありのまゝに描かれてゐる点で、自分に取つては甚だ懐しいのである」と記されている。谷崎潤一郎は明治十九(一八八六)年生まれなので、明治十八年生まれの北原白秋の一歳年下である。

「詩人のわかれ」はたしかに「小説」であるので、作品をよんでいただければと思うが、白秋を擬したFの描写や紫烟草舎と思われるその住居の描写を紹介しておこう。

田園詩人のFは、その一軒家の二た間を借りて、夫婦で住んで居るのでした。小柄な、痩せぎすな、丸髷に結つた夫人が、声を聞きつけて垣根の木戸を明けてくれると、三人は庭へ廻つて、古沼の汀に臨んだFの書斎へぞろ〳〵と上り込みました。（中略）
東から西へ開いて居る廻り縁の雨戸を立てゝ、Fはうす暗い六畳の部屋のまん中に、机に凭つてすわつて居ました。床の間には、彼の暢達な素朴な手蹟で、自作の和歌を書いた色紙が、古ぼけた横物の紙表装のまゝ懸つて居ます。その外には彼が自分で装釘して自分で出版した詩集の数冊と、彼が大好きな異国趣味の画家司馬江漢の版画と、長崎の阿蘭陀人の風俗を描いた額と、鳥の巣などが、欄間や柱や地袋の上に散見して居るだけです。

（中略）

「五月に越せれば越したいけれど、それもまあ金次第さ。いつになつたら金が出来るか、今のところぢや分らないが。」

Fはかう云つて、童顔の二重瞼の、無邪気な愛嬌のしたゝるやうな大きな瞳に微笑を浮かべました。

こゝへ来てまで、まだ無遠慮に惚けだの皮肉だのを連発して、たわいもなくふざけて居る三人の、べらべらした口の利きやうと、暖かい南国の新鮮な、濃厚な趣味を暗示するやうな、Fの太い唇から洩れる重苦しい訥弁とは、一種不思議な対照をなして室内に響きました。

垣根の木戸を開けてくれた「小柄な痩せぎすな、丸髷に結つた夫人」は江口章子であろう。大正四年一月十三日に萩原朔太郎の招きで前橋を訪問した時に、朔太郎、白秋、尾山篤二郎の三人で撮った写真もよく目にする写真の一枚であるが、その白秋は、「童顔の二重瞼の、無邪気な愛嬌のしたゝるやうな大きな瞳」をしているし、「ふつくらとした、赭顔の豊頬に一面に生へて居る濃い青鬚、やさしい眸の上を蔽うて居る地蔵眉毛」を備えている。

雀とともに生きる

大正六(一九一七)年六月、白秋と章子とは上京して、築地本願寺の横に間借り生活を始める。七月には弟の鐵雄が阿蘭陀書房を他に譲って、新たに書肆アルスを創立したこともあり、九月には紫烟草舎を解散した。十一月には妹の家子が白秋の親友、山本鼎と結婚する。その折の記念写真が残っており、仲人をつとめた森鷗外が写真の前列右端に映っている。白秋は左端に映っているが、斜に構えたような感じですました顔をしている白秋がなんとなく愛らしい。

そして、大正七(一九一八)年には雑誌『大観』に「雀の生活」を連載し始め、大正九年には詩文集『雀の生活』(新潮社)が刊行される。また、大正十(一九二一)年の八月には歌集『雀の卵』(アルス)が刊行されるが、葛飾時代のキー・ワードは「雀」といってもよいかもしれない。『雀の卵』に収められている「葛飾閑吟集」から幾つかをあげてみよう。作品には、雀だけでなく、ツバメやカタツムリ、ホタル、アオガエル、ウシ、アゲハチョウなどの動物や樗《おうち》やエビヅル、アジサイなどの植物が詠み込まれている。

飛びあがり宙にためらふ雀の子羽たたきて見居りその揺るる枝を
かさこそと蟹匍ひのぼる竹の縁《えん》すがすがと見つつ昼寝《ひるい》さめゐる
上《うへ》つ葉にふと角ふれて蝸牛《かたつむり》驚きにけむ身ぬちすくめつ
菅畳《すがだたみ》今朝《けさ》さやさやし風に吹かれ跳《と》び跳《と》び軽ろき青蛙《あをがへる》一つ
すれすれに夕紫陽花《ゆふあぢさゐ》に来て触《さや》る黒き揚羽蝶《あげは》の髭大いなる

「葛飾閑吟集」には「アッシジの聖の歌」と題された文章も収められている。改めていうまでもなく、清貧で知られたアッシジの聖フランチェスコについての文章であるが、フランチェスコはオオカミを回心させたり、小鳥や魚に説教をしたことでも知られており、白秋は、そうした聖人の生活と自身の葛飾での生活とを重ね合わせていたのであろう。

『雀の卵』には長い序文「大序」が添えられている。その冒頭には、白秋がどのような心持ちで『雀の卵』編纂に取り組んできたかが述べられている。

　長い苦しみであつた。(中略)此の一巻こそ私の命がけのものであつた。この仕事を仕上げるばかりに、私はあらゆる苦難と闘つて来た。貧窮の極、餓死を目前に控へて、幾度か堪へて、たうとう堪へとほしたのも、みんなこれらの歌の為めばかりであつた。だからたとへ拙くともこれらの一首一首にはみんな私の首が懸つてゐる。首の坐に直つて歌つたものばかりだ。

　そしてたうとう今日が来た。

此のこれらの歌は大正三年からぽつぽつ作り出して、足かけ八年目の今月今日、大正十年七月十四日午後三時にたうとう最後の朱を入れて了つたのである。私の前に今冷たい紅茶が運ばれて来た。私はぐつとそれを一息に飲み干して了つた。蟬の声がする。涼しい海の風が吹きぬけてゆく。私は生きかへつた。(中略)阿蘭陀書房(弟の経営してゐるものである)の危機は日に日に迫つて来た。私は苦しんだ。然し私はその為めに自己の芸術上の良心を売る事はできなかつた。私は一切の妥協に耳を傾けなかつた。紫煙草舎の仕事も後廻しにした。(中略)私の歌は拙かつた。洗練に洗練を経るほど、磨けば磨くほど私は厳粛になつた。一字一句の疵瑕も見逃《のが》せなかつた。或時は百首の内九十首を棄て、十首の内九首を棄てた。或時はたつた一句のために七日七夜も坐つた。ある歌のある一字は三年目の今日に到つて、やつと的確な発見ができた。それは初めから的確にその字で無ければならなかつたのだ。

右の文章に関して、白秋自身が「これらの文章は可なり気を負つて書かれてある。今見ると非常に赤面するけれど、当時の心持としては全くこれに違ひなかつたのである」と記しているので、そうした意味合いにおいては、幾分か「割り引いて」とらえなければならないだろうが、それにしても、すさまじいまでの推敲ぶりである。

萩原朔太郎と室生犀星と

白秋は、大正六(一九一七)年一月には萩原朔太郎の第一詩集『月に吠える』(感情詩社・白日社)の序文を、十一月には室生犀星の第一詩集『愛の詩集』(感情詩社)の序文を書いている。『月に吠える』のタイトルページには「北原白秋序／室生犀星跋」「故田中恭吉挿画／恩地孝四郎挿画」とあり、「序」は次のように記されている。

萩原君。

何と云つても私は君を愛する。さうして室生君を。それは何と云つても素直な優しい愛だ。いつまでもそれは永続するもので、いつでも同じ温かさを保つてゆかれる愛だ。此の三人の生命を通じ、縦《よ》しそこにそれぞれ天稟の相違はあつても、何と云つてもおのづからひとつ流の交感がある。私は君達を思ふ時、いつでも同じ泉の底から更に新らしく湧き出してくる水の清《すず》しさを感ずる。限りなき親しさと驚きの眼を以て私は君達のよろこびとかなしみとを理会する。さうして以心伝心に同じ哀憐の情が三人の上に益々深められてゆくのを感ずる。それは互の胸の奥底に直接に互の手を触れ得るたつた一つの尊いものである。

(中略)

私は君をよく知つてゐる。さうして室生君を。さうして君達の詩とその詩の生ひたちとをよく知つてゐる。『朱欒』のむかしから親しく君達は私に君達の心を開いて呉れた。いい意味に於て其後もわれわれの心の交流は常住新鮮であつた。恐らく今後に於ても。それは廻り澄む三つの独楽が今や将に相触れむとする刹那の静謐である。

この「序」が萩原朔太郎にどのようにうけとめられたか、と思わないではない。朔太郎の第一詩集の序文に「室生君」が登場し、「君達」「三人の生命」「三つの独楽」という表現が重ねられていく。白秋らしいといえば白秋らしい。白秋は、萩原朔太郎と室生犀星と自身とに共通する「心性」を心の底から喜び、楽しんでいる。それがよく表われている文章といえよう。

一方、『愛の詩集』の序にあたる「愛の詩集のはじめに」には次のようにある。

> 室生《むろふ》君《くん》。
> 涙《なみだ》を流《なが》して私《わたし》は今君《いまきみ》の双手《さうしゆ》を捉《とら》へる。さうして強《つよ》く強《つよ》くうち振《ふ》る。君《きみ》は正《たゞ》しい。君《きみ》の此《この》詩集《ししふ》は立派《りつぱ》なものだ。人間《にんげん》の魂《たましひ》で書《か》かれた人間《にんげん》の詩《し》だ。さうしてここに書《か》かれた君《きみ》の言葉《ことば》は尽《ことぐ〵》く人間《にんげん》の滋養《じやう》だ。君《きみ》の甦《よみがへ》りは勇《いさ》ましい。さうして純《じゆん》一だ。魂《たましひ》は無垢《むく》だ、透明《とうめい》だ。おお

君《きみ》は安心《あんしん》して君自身《きみじしん》を世《よ》に示《しめ》したがよい。さうして更《さら》に世《よ》の賞讃《しやうさん》と愛慕《あいぼ》とを受《う》けたがよい。おお、上天《じやうてん》の祝福《しゆくふく》よ、永久《えいきう》に我友《わがとも》の上《うへ》にあれ。(中略)
室生《むろふ》君《くん》。
何《なん》と云《い》つても私《わたし》は君《きみ》を愛《あい》する。さうして萩原君《はぎはらくん》を。君《きみ》と萩原君《はぎはらくん》とはまことに霊肉相通《れいにくあひつう》じた芸術的双生児《げいじゆつてきさうせいじ》である。その何物《なにもの》にも代《か》へ難《がた》い愛情《あいじやう》、激烈《げきれつ》なる相互《さうご》の崇敬感激《すうけいかんげき》、之《これ》を二魂《こん》一体《たい》と君等《きみら》は云《い》ふ、まさしく君等《きみら》は両頭《りやうとう》の奇性児《きせいじ》である。相愛《あひあい》し相交歓《あひかうくわん》し乍《なが》ら、君等《きみら》はその氣稟《きりん》に於《おい》て、思想《しさう》に於《おい》て、趣味《しゆみ》、並《なら》びにもろもろの好悪《かうあく》に依《よ》つて、寧《むし》ろ血《ち》で血《ち》を洗《あら》ふ肉親《にくしん》の仇敵《あだがたき》の如《ごと》く相反《あひはん》し相闘《あひたゝか》ふ。

二つの序は対《つい》になるように書かれており、白秋が朔太郎と犀星とを深く愛し、二人の才能をたかく評価していたことが窺われる。白秋が愛したものを一つ一つ並べ、その「愛したもの」をよくよくみることによって、それを愛した白秋がわかるということはあろう。そうであれば、萩原朔太郎と室生犀星とを(白秋理解の)「補助線」とすることによって、白秋理解がより深くなり、より確かなものになることは疑いない、と考える。

物としての本から

ちなみに、製本の用語で、小口を化粧断ちしないままの造本をアンカットというが、『月に吠える』は「天・地・前小口」のうち「地」のみがカットされている「二方アンカット」で、『愛の詩集』は「地」のみがアンカットで製本されている。また、『邪宗門』初版は「地・前小口」がアンカットの「二方アンカット」になっている。

アンカット製本されている本をよむためには、ペーパーナイフのようなもので、何ページかカットしてからよみ、また続きをカットしてよむ、というよみかたをすることになる。

アンカット製本を再現している複製本もある。筆者は大学の授業で、あえてそのような複製本を使って、学生にペーパーナイフを渡して、それで、「カット経験」をしてもらったこともある。学生はこわごわと紙を切っていたが、こういうことは文庫本や全集では経験できないことである。そしてたいていは、そういう形態で本が販売されていたということも知らないままになってしまう。そんなことは文学研究には関係ないという考え方もあるかもしれない、あるいはそんなことを知らなくても『邪宗門』をよむことはできるという考え方もあろう。その一方で、こうしたことを含めて、具体的な存在としての書物ということをきちんと起点として「書物をよむ」ということも大事だと考える。特に、詩集のような書物の場合は、装幀をはじめとする、いろいろなところに「書き手」の「心性」が反映していることが多い。

第七章

童謡の世界

――雨が降ります。雨が降る。

意気なホテルの煙突《けむだし》に
けふも粉雪のちりかかり、
青い灯《ひ》が点《つ》きや、わがこころ
何時《いつ》もちらちら泣きいだす。

（『白秋小唄集』「意気なホテルの」）

『白秋小唄集』扉ページ

大正七(一九一八)年三月になると、白秋は神奈川県小田原町(現在の小田原市)十字町旧お花畑に転居する。七月には鈴木三重吉が主宰する児童文学雑誌『赤い鳥』の創刊に参画して、同誌の童謡、児童自由詩を担当することになる。同じ六月に、第三期国定教科書、いわゆる「ハナハト　マメ教科書」が出版されている。

『赤い鳥』創刊号には「りす〳〵小栗鼠《こりす》」と「雉《きじ》ぐるま」が載せられているが、これらは翌年刊行された『トンボの眼玉』(大正八〈一九一九〉年十月十五日、アルス)に収められている。『トンボの眼玉』の函、表紙、見返しの装幀は白秋の門下生

『トンボの眼玉』

であった矢部季《やべすえ》が担当している(後出図10〈上〉)。矢部季は大正八年に詩集『香炎華《こうえんげ》』を出版しているが、そこには「白秋先生のみ霊に捧ぐ」とある。白秋はこの詩集の「序文」を書いており、その「序文」の文章中に「香煙の中に眼あり。／彼が詩に対する予が讃辞はこの一語に尽きる」という行りがある。

矢部季は、東京美術学校の日本画科へ入学したが、卒業を目前に退学したこと、資生堂の意匠部に八年ほど在籍し、資生堂の包装紙や新聞広告のデザインを担当したことが孫の矢部文子

によって指摘されている。矢部文子は『白秋小唄集』の外函の赤い唐草は、オーブリー・ビアズレイの『ヴォルポオネ』の唐草に材をとったと指摘している。現在はインターネットを使って、簡単に『ヴォルポオネ』の装幀を画像で確認することができるが、たしかにそのようにみえる。

『トンボの眼玉』の「はしがき」は次のように記されている。

山火事焼けるな、ホウホケキョ、
可愛《かはい》い小鹿が焼け死ぬぞ。

これは春の暮、夏のはじめの頃に、夕方かけて、赤い山火事の火の燃える箱根あたりの山を眺めて、この小田原の町の子供たちが昔歌つた童謡の一つだと申します。

昔の子供たちはかういふ風におのづと自然そのものから教はつて、うれしいにつけ悲しいにつけ、いかにも子供は子供らしく手拍子をたたいて歌つたものでした。

それが、この頃の子供たちになると、小さい時から、あまりに教訓的な、そして不自然極る大人の心で詠まれた学校唱歌や、郷土的のにほひの薄い西洋風の飜訳歌調やに圧えつけられて、本然の日本の子供としての自分たちの謡を自分たちの心からあどけなく歌ひあげるといふ事がいよいよ無くなつて来てゐるやうに思ひます。
今の子供たちはあまりに自分の欲する童謡やその他を、その学校や親たちから与へられて居りません。それは今の世の中があまりに物質的功利的であるからでもあります。(中略)
昨年から丁度折よく、お友だちの鈴木三重吉さんが、子供たちのためにあの芸術味の深い、純麗な雑誌「赤い鳥」を発行される事になりましたので私もその雑誌で童謡の方を受持つ事になつて、それでいよいよかねての本願に向つて私も進んでゆけるいい機会を得ました。

「赤い山火事の火の燃える箱根あたりの山を眺めて」は、毎年三月頃に行なわれる箱根仙石原の野焼きのことかと思われるが、右では白秋は強い調子で、「教訓的な」「学校唱歌」や「郷土的のにほひの薄い西洋風の飜訳歌調」を批判している。右の文章が書かれたのは大正八(一九一九)年九月のことであった。あるいは大正十二(一九二三)年九月『芸術自由教育』に載せられた「小学唱歌々詞批判」(後に童謡論集『緑の触覚』に収められる)では、まず「児童を真のいゝ児童として真に生かしきる事」こそが「芸術教育」であると述べた上で、「児童の言葉と声、乃ち児童の詩と音楽、これらも亦真に児童の言葉と声、児童の詩と音楽であらしめねばならぬ。本来児童自身のものをして児童を生かすと云ふ事が何より大切であるならば、その感情思想の表現に於ても真に児童の言葉と声とを以つてせしめねばならぬ。さうして児童自身のものをして児童自身の生命を愛護せしめ、慰安せしめ、鼓舞し、鍛練せしめる。この智情意を引つ括めた自己の美的陶冶は、自由にその児童自身をして行はしたらいゝのである」と述べる。その上で、「ワタシノガクカウヨイガクカウヨ、ケウジヤウヒロイ、ニハヒロイ、」(私の学校良い学校よ、教場広い、庭広い)という「学校」という題の唱歌を具体的に採りあげ、この唱歌が「造りつけの糊附細工の人形の学校」であることを詳しく述べた上で、「歌詞」の「技巧」について検証を加えていく。その検証は具体的で、白秋がどのようなことを考え、どのようなことに気配りをしながら作品をつくっているかがいわば「手にとるようにわかる」、興味ふかい言説であるが、今紙幅の都合もあり、残念ながらそこにふみこむことができない。しかし「児童自身」によって「美的陶冶」を行なわせればいいのだ、という白秋の主張は児童自由詩運動となってひろがっていく。

『トンボの眼玉』にはよく知られている童謡が収められている。幾つかをあげてみよう。

発音を示す振仮名

雨《あめ》

雨《あめ》がふります。雨《あめ》がふる。
遊《あそ》びにゆきたし、傘《かさ》はなし、
紅緒《べにを》の木履《かつこ》も緒《を》が切《き》れた。

赤《あか》い鳥小鳥《とりことり》

赤《あか》い鳥《とり》、小鳥《ことり》、
なぜなぜ赤《あか》い、
赤《あか》い実《み》をたべた。

あわて床屋《とこや》

春《はる》は早《はや》うから川辺《かはべ》の葦《あし》に、

蟹《かに》が店出《みせだ》し、床屋《とこや》でござる。
チョッキン、チョッキン、チョッキンナ。

その他「ちんちん千鳥《ちどり》の啼《な》く夜《よ》さは、／啼《な》く夜《よ》さは、／硝子戸《がらすど》しめてもまだ寒《さむ》い、／まだ寒《さむ》い。」(「ちんちん千鳥《ちどり》」)は『兎の電報』に、「揺籠《ゆりかご》のうたを、／カナリヤが歌《うた》ふよ。／ねんねこ、ねんねこ、／ねんねこ、よ。」(「揺籠《ゆりかご》のうた」)、「水馬赤《あめんぼあか》いな。ア、イ、ウ、エ、オ。／浮藻《うきも》に小《こ》蝦《えび》もおよいでる。／柿《かき》の木《き》、栗《くり》の木《き》。カ、キ、ク、ケ、コ。／啄木鳥《きつつき》こつこつ、枯《か》れけやき。」(「五十音」)は『祭の笛』に収められている。

図10(下)は『トンボの眼玉』に収められている「雨」で、この挿絵は初山滋による。また、『祭の笛』の挿画は版画・漫画家前川千帆《せんぱん》が担当している。

雑誌『赤い鳥』はすべての漢字に振仮名を施す、いわゆる「総ルビ」で印刷されているが、『トンボの眼玉』も、「はしがき」や注以外の箇所は「総ルビ」で印刷されている。それは、子供向けということはもちろんあろうが、使っている語の発音をできるだけはっきりと示すためと考える。童謡であるために、「カッコ」のような「幼児語」を使うこともあれば、相当に口語的な語を使うこともある。あるいは細かい発音語形もきちんと示そうとしている。

図 10　(上)『トンボの眼玉』扉ページ(矢部季が担当している．アール・ヌーヴォー調でデザイン性がたかい．『トンボの眼玉』には「挿絵目次」が設けられている．この本では矢部季の他に，清水良雄，初山滋が挿絵を担当しているが，どの挿絵を誰が画いているかが明示されている)，(下)『トンボの眼玉』「雨」

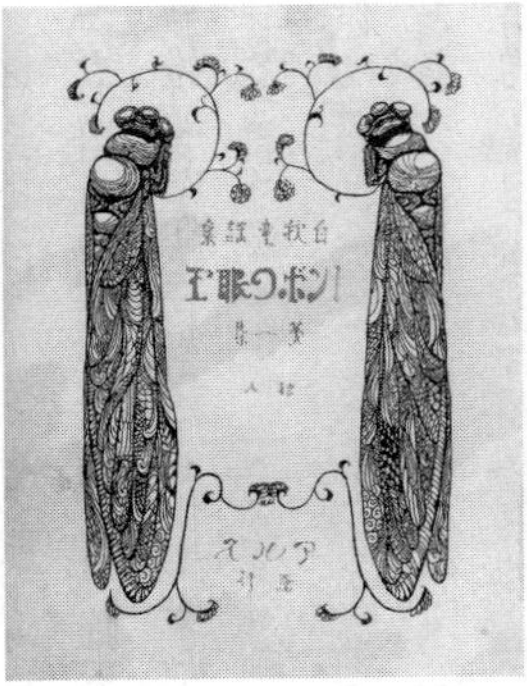
白秋童謡集
トンボの眼玉
第一集

雨
雨がふります雨がふる。
遊びにゆきたし、傘はなし、
紅緒の木履も緒が切れた。
雨がふります雨がふる。

例えば「蜻蛉《とんぼ》の眼玉《めだま》」には「円《まア》るい円《まア》るい眼玉《めだま》」という行りがあるが、示したように、漢字「円」に「まア」という振仮名が施されている。もちろん「まあ」と振仮名を施してもいいわけであるが、「まア」とすることによって、「まるい」に対しての「まアるい」という語形であることがよりはっきりするということであろう。「蜻蛉《とんぼ》の眼《め》玉《だま》」には「上」に「うウへ」、「下」に「しイた」と、「綺麗」に「きイれい」と振仮名を施している箇所もある。その一方で、漢字列「玉蜀黍」には「たうもろこし」と振仮名が施されている。「たうもろこし」と振仮名が施されていても、「トーモロコシ」と発音されていたはずで、不統一といえば不統一ではある。これはこの当時、それだけ、古典かなづかいが「規範性」をもっていたためとみることができる。巌谷小波《いわやさざなみ》が子供のために「お伽かなづかい」を提唱したことはよく知られているが、そのように、意識的に新たな「かなづかい」をつくろうとしないのであれば、まずは古典かなづかいが起点となるということであろう。

『白秋小唄集』刊行

『トンボの眼玉』刊行の直前、大正八(一九一九)年の夏に白秋は、伝肇寺《でんじょうじ》の東側の竹林に、「木菟《みみずく》の家」と呼ぶことになる萱《かや》屋根に藁《わら》壁の住居と方丈風の書斎を建て、そこに移り住む。夏から秋の間に、『トンボの眼玉』とともに『白秋小唄集』をアルスから刊行する。この「木菟の家」の標札を恩地孝四郎がつくったことが「追憶画像」(『回想の白秋』所収)に記されている。恩地孝四郎作の標札は、今から思えば「贅沢」なものだ。

『白秋小唄集』の末尾には「白秋小唄集覚え書」と題した文章が置かれている。そこには「この集には、私のこれまで数多く作つた詩歌の中から、主として、民謡の風脈を帯びた解し易く歌ひ易いものだけを輯めて見た」、「小唄は「思ひ出」以来私の詩風の基調を成すものである。今日に於て純日本的な新らしい民謡は必ず生れて来なければならない機会にある。江戸時代の俚謡が第二の万葉であつた事に気がつくならば、現代に於ても、この現代のわが民族の言葉を決して粗末にしてはならないのである。私は今後も更に新らしい民謡を作るであらう、一つは自分のため、一つはわが民衆のために、さうならなければならない」と述べられている。

小唄を「民謡の風脈を帯びた」ものととらえ、さらには『思ひ出』以来の白秋の「詩風の基調を成すもの」と述べていることには注目しておきたい。そして、「わが民族」「わが民衆」という表現が使われていることにも留意しておきたい。民族、民衆のために作品をつくること自体は自然なことといえようが、他国との戦争状態にある時には、「民族、民衆のため」が方向を失うこともある。こうしたことについては第九章で述べることにしたい。

『白秋小唄集』の冒頭には「城ヶ島の雨」が置かれている。「白秋小唄集覚え書」で白秋が述べているように、その他に、第一詩集『邪宗門』や『思ひ出』『東京景物詩及其他』『白金之独楽』『真珠抄』『水墨集』などから採られている作品がある。これらの作品はまずはそれぞれの詩集に収められているが、それは結局は「小唄」と呼んでもよいものであったことになる。白秋の「小唄」は「抒情小曲」と限りなくちかい。

章子と離婚

大正九(一九二〇)年の六月には、「木菟の家」の東側の隣接地に、三階建ての洋館を新築するが、その地鎮祭の日に、妻章子と離婚するという事態が起こる。

中河与一『探美の夜』(一九五七年、講談社)は谷崎潤一郎をモデルにしたと覚しい「谷口潤一郎」なる人物が登場する小説であるが、その中に白秋のこの時の離婚を下敷きにしたと覚しい次のような行りがある。


千恵と春夫は他愛のない話のやりとりをしながら潤一郎を待っていたが、彼はなかなか帰って来なかった。所在なさそうにしている春夫を見かねた千恵は、近くの天神山の上に新築した北原白秋の家に彼をつれてゆくことを思いついた。

白秋は天神山の伝肇寺の境内に大正七年移って来て、そこに『木菟《みみずく》の家』という萱屋根に藁壁の家を建てていたが、それが此頃になって二階だての洋館を建てる気になって、その地鎮祭をしたりしていた。

その前後のことであるが、白秋夫妻の間に離婚話の起ったことがあった。その時、その相談をうけた潤一郎は、さっそく離婚に賛成して、夫婦の感情がまだ決定的になっていないうちに、一挙に二人を別れさせてしまった。すると白秋にはそれが何となく気に入らず、潤一郎の方はそういう白秋をわからずやだと云って、それ以来二人は交際をやめてしまっていた。

今はたった一人山上の新館に住んでいる白秋を春夫は千恵に案内せられて、訪ねて行った。

三人は小田原の海を見おろす二階の手すりにもたれて話しはじめた。

佐藤春夫『この三つのもの』(一九四九年、好学社)は、佐藤春夫自身と思われる主人公「赤木清吉」と谷崎潤一郎と思われる「北村壮一郎」、「北村壮一郎」の夫人「お八重」をめぐる、「人生の真実に肉迫しようとした」(同書末尾に添えられた吉田精一の「解説」)作品であるが、赤木とお八重とが、白秋と思われる「大野」の家を訪れる行りがある。その当時、佐藤春夫は谷崎潤一郎の妻千代子に同情し、恋愛感情をもっていたと思われている。ちなみにいえば、「この三つのもの」とは「まことの恋と友情と智恵の石」であり、雑誌『改造』に、大正十四(一九二五)年六月から十五年十月にかけて載せられたが未完となっている。

山上の大野の家は好かつた。別に門といふやうなものもなく、小さな木戸のなかは雑然と茂つた草花の庭で、咲きおくれた向日葵の小さな花が咲きそめたコスモスのなかに雑つてゐた。その草のなかにはまだ鉋屑《かんなくず》などがちらばつてゐて、その新築の洋館といふのはかういふ高いところにあるものとしては背が高すぎたけれども、奇を弄しない形が反つてよかつた。その白いのも爽やかであつた。（中略）

――実際、大野は好んでこの部屋へ来た。物珍らしさからここへ来て坐ると、いつの間にか彼の不貞の妻に就ての長い回想になり、それが消え去らない未練から始つて憤りに終ると、またそこから始つて未練へ還つて行つた。かうしてひとりで、隠れた時を過すにはここが最もよかつた。――

もちろんこれは佐藤春夫の作品であるが、作品中にみられる「不貞の妻」、別の箇所にみられる「けちのついた家」という表現が目を惹く。右と同じような場面を思わせる佐藤春夫の詩が大正十(一九二一)年七月十二日に新潮社から出版された『殉情詩集』に「感傷風景」という題で収められている。「新築《しんちく》の山荘《さんさう》」は白秋の山荘と目されている。そうであれば、「何《なに》も知《し》らない家《いへ》の主人《しゆじん》」が白秋ということになる。

感傷風景

あなたとわたしとは向《むか》ひあつて腰《こし》をかけ、

あなたはまぶしげに西《にし》の方《はう》の山《やま》をのぞみ、
わたしはうつとりと東《ひがし》の方《はう》の海《うみ》をうかがひ、
然《しか》しふたりはにこにこして同《おな》じ思《おも》ひを楽《たの》しむ。
とありし日《ひ》のとある家《いへ》の明《あかる》いバルコン。
何《なに》も知《し》らない家《いへ》の主人《しゆじん》にはよき風景《ふうけい》をほめ、
ふたりはちらちらとお互《たがひ》の目《め》のなかを楽《たの》しむ。
恋人《こひびと》の目《め》よそれはまあ何《なん》といふ美《うつく》しい宇宙《うちう》だらう。
全《まつた》くあなたのその目《め》ほどの眺《なが》めも花《はな》もどこにあらう……
おお、思《おも》ひ出《だ》すまい。ふたりは庭《には》のコスモスより弱《よわ》く、
幸福《かうふく》は卓上《たくじやう》につと消《き》えた鳥《とり》かげよりも淡《あは》く儚《はかな》く、
歎《なげ》きは永《なが》く心《こころ》に建《た》てられた。あの新築《しんちく》の山荘《さんさう》のやうに。

こうして、いわば「傷心」の時を過ごした白秋であったが、翌年、大正十(一九二一)年の四月には佐藤菊子と結婚する。菊子は江口章子と同じ大分県立第一高等女学校に通っており、章子は実年齢では菊子の一歳年上であるが、級は一級下になる。菊子は図書館でドストエフスキ

ーやショーペンハウエルなどを読み、読書に夢中になると自宅二階の部屋に籠もっていたので、周辺の人々から「お二階のお嬢さん」と呼ばれていたことが、北原東代「ふでもたすみ手への祈り――北原菊子寸描」(『白秋全集』月報39)に指摘されている。

白秋は、この年の五月には童謡集『兎の電報』(アルス)、六月には散文集『童心』(春陽堂)、七月には歌話集『洗心雑話』(アルス)、八月には歌集『雀の卵』(アルス)を刊行し、信州、星野温泉で開催された自由教育夏季講習会に出講する。滞在中の見聞を下敷きとして、「落葉松」をつくり、『明星』の復刊号に寄稿する。十二月には訳童謡集『まざあ・ぐうす』(アルス)を刊行する。この年の十一月頃から民謡が陸続とかたちを成し始め、『中央公論』の大正十一(一九二二)年新年号に百章分、『福岡日日新聞』の新年号に三十章分、雑誌『大観』の四月号に三百章分を寄稿する。これらの作品が歌謡集『日本の笛』(アルス)となる。

図11 『兎の電報』扉ページ

図11は『兎の電報』の、初山滋による扉ページ。『兎の電報』では他に矢部季も挿絵を担当している。「はしがき」には小田原伝肇寺の傍に建てた「木菟の家」の隣にさらに三階建ての洋館を建てようとした時のことについて、白秋

は妻が「あなたのやうに自分の家から逃げ出すやうな方はあまり阿呆らし過ぎる、私はもつと人間らしい世界に出て行き度いと云つて、遠いお国へ行つて了ひました。それで私はたうとう一人ぽつちになりました」と記し、さらに「寂しいお伽噺の王様の木兎のをぢさんに、お妃《きさき》の新らしい木兎のをばさんが来て呉れると云ふ事になつた」、そしてその「をばさん」が「たうとうやつて来ました。庭にも赤い虞美人草《ひなげし》がまた咲き出して、日の暮になるとまた、木兎がほうほうと枇杷の木の上で啼いてくれるやうになりました」と記している。

犀星・朔太郎・白秋

大正十一（一九二二）年の一月には斎藤茂吉との互選歌集『白秋茂吉互選歌集』、六月には童謡集『祭の笛』、七月には長歌集『観想の秋』、十月には童謡のお話『羊とむじな』など、詩、民謡、童謡等を次々とアルスから出版する。九月には山田耕筰と、芸術雑誌『詩と音楽』を創刊し、三月には長男隆太郎が誕生した。

『白秋茂吉互選歌集』は、白秋が斎藤茂吉のどの作品を評価し、斎藤茂吉が白秋のどの作品を評価しているかということが具体的にわかる点できわめて興味深い。斎藤茂吉は「序」において次のように述べている。

僕は、「桐の花」「雲母集」「雀の卵」と順を追うて三四首づつ歌を抄して、その変遷の跡を云々したが、いよいよとなれば、やはり『白秋もの』に帰著するのである。『白秋もの』とは何か。僕にもよくいひ表はせないが、品がよく、美しく、ぬけめ無く、細かく、何だかいひぶりが高貴のようで、世の批評家のいふ人間味に乏しく、寂しき如くにして朗かで、陰鬱になり得なく、邪気なく、時には稚がり、しめじめとして、余韻ふかく、泣くにしても気持よく、敏活な言葉の採り入れ。こんなものであらうか。そしてこの選集には『白秋もの』が恣な僕の好みで、且つ二百首の範囲で網羅されてあると信じるし、またその『白秋もの』は永遠の光を放つものであると信ずるので、この選集の歌数が少ないからといつて軽視せないがいゝ。

斎藤茂吉の白秋評価として留意しておきたい。

『詩と音楽』十一月号は「民謡童謡号」を謳うが、この号に室生犀星の「白秋山房訪問記」が載せられている。ここに、大正十一年の八月に、室生犀星が妻と「むかし世話になりし家のわすれがたみ」光子とを連れて伊豆湯が原の萩原朔太郎を訪問し、そこからみんなで「白秋山房」を訪問した時のことが記されており、萩原朔太郎が白秋に会うのは四年ぶりであったことがわかる。

犀星が、障子の桟に「かまきりによう似たる虫」がいるのを見つけると、白秋が「君はこのやうなる虫が好きなる筈なり」と言い、犀星が「さなり、われは虫一疋にて十枚くらゐ書けるなり」と答えるが、朔太郎は黙って「たばこのみ喫み」いた、など、白秋、犀星、朔太郎の様子が窺われ、興味深い。「白秋夫人やがて子供を抱き出できたり、二階にてみな話しせり。はじめて会ひしなれば、よく分らざれど、若く瞳おほきく、心さとく優しげなる夫人なり。その赤児はまた白秋そのままにて、よう肥り可愛ゆく、わが妻などと遊びゐるを見、われらの失ひし子どもを思ひ、さびしき心地せり」とあるが、この「若く瞳おほきく、心さとく優しげなる夫人」が佐藤菊子で、「赤児」が長男隆太郎である。

犀星の文章に呼応する「山房主人手記」を白秋が書いて同じ号に載せている。かれこれを読み合わせると、この日の各人の喜びの様子がよくわかる。昼食後の様子を白秋は次のように記している。

犀星長椅子にがつしりと寝ころびて、パイナツプルは汁をこそ吸ふべけれと啜る。犀星流だなと朔太郎神経の光りにて笑へば、つくつくほうしもあたりの木々に啼き出でて、日射しややや斜めに、風吹き入りて、花茗荷のかをりなどややややにすずろかなり。まことによき住居かな、よき生活かな、洋行したやうぞ、白秋は白秋になりぬ、「桐の花」の昔に還りしぞ、そはよき夫人にこそ謝すべきなれと、朔太郎跳ねつつ細き竹細工人形のごとくうち喜べば、我もまた、何といふことなくゆたりゆたりとうれしき。

程経て皆々立ちたり。

朔太郎が「神経の光りにて笑」うという表現は、白秋ならではと思う。

『水墨集』——からまつにからまつのかぜ

大正十二(一九二三)年の六月には詩集『水墨集』、七月には童謡集『花咲爺さん』をアルスから刊行する。しかし、九月には関東大震災が起こり、山荘は半壊し、アルスは社屋を焼失することになった。

大正十三年四月、結社を超えた短歌雑誌『日光』を創刊する。古泉千樫《ちかし》、前田夕暮、釈迢《しゃくちょう》空《くう》(折口信夫《おりくちしのぶ》)、石原純、土岐善麿、川田順、木下利玄《りげん》らが同人となっており、歌壇に新たな刺激を与えたといわれている。二月には小唄集『あしの葉』、七月には『白秋童謡集』第一巻、十二月に『お話・日本の童謡』をアルスから刊行する。

『水墨集』には、白秋の作品を収めている本にしばしばみられる、口絵や挿絵、カットの類が一切ない。この造本も白秋の一つの「主張」とみるべきであろう。

末尾に置かれた「水墨集解説」には「純粋に詩集としては本集こそ「白金の独楽」以来のものである」「十年の十月、突然に感興が湧いて「落葉松」第二十五章の詩が成つた。これが動機となつて私は再び新に詩へ還つて来た。それ故に特に「落葉松」数章は私にとつて忘るべからざるをものとなつた」とある。

『水墨集』は冒頭に「序に代へて」と題された一ページが置かれ、それに続いて「芸術の円光／主として詩について」という「詩論」が三ページから六九ページまで展開する。これは大正十一（一九二二）年九月一日発行の『詩と音楽』創刊号の巻頭に発表されたもので、そうした「意気込み」のようなものも感じられる。この「芸術の円光」を巻頭に収め、それを書名とする詩文評論集『芸術の円光』が後、昭和二（一九二七）年三月にアルスから刊行されている。

「芸術の円光」においては、「詩の香気と品位」「気品」「気韻」という語が繰り返し使われている。例えば、白薔薇について、「白薔薇の香気は既にその葉にも棘にも枝にも幹にもその根にも充満してゐるのである。決してその花にだけ突然あの清高馥郁たる香気が現はれたのでは無い。その凡てから押し上げる香気と品位とが、即ちその白薔薇さながらの気韻を躍動させるのである」と述べる。そして、蝸牛《かたつむり》には蝸牛の、螽斯《きりぎりす》には螽斯の「生命の気品」があるという。次の言説には注目しておきたい。

詩は言葉を以てする個性の完美なる表現であらねばならぬ。この理由によつて言葉を尊重しない真の傑れた詩人といふものは有り得ない。言葉などは、表現などはどうでもいいといふ、所謂内容詩人の増上慢は断じて許すべきでない。詩に於ては内容即形式である。一にして不離である。このデリカシイを感じ得ない人は詩人ではない。（中略）
第一印象に於て読者を理非の外の微妙恍惚の至境に誘引し得ず、ただ態度若くは思想のみを、極めて概念的に目に立たせ、而も一々に理智の判断のみを強ひに強ひる高圧的の詩は、ただ他の感動をして困迷させ、停滞させ倦厭させ、さては徒に沙漠に道を求めしむる如き索然たる恐懼心を抱かしめる。かくして作者と読者とは終始明確に対立平行するの止むなきに至る。

「概念的」「理智の判断」は、白秋の詩に思想がないといった批判に対する言説のようにみえる。「内容詩人」という語があったのだろうか。『日本国語大辞典』第二版はこの語を見出し項目としていない。

『水墨集』の「跋」では「私の今日の詩は寂しい。ほとんどは水墨の筆触である」「無論私の水墨には、曽ての丹青に用ゐた同じ一本の筆を以てするが故に、底には従来の着色が複雑してゐる」と述べ、そして「今日に於て、かの「邪宗門」「思ひ出」の狂飈時代を思ふと、あの目まぐるしい絢爛さは何処へ行つたかと思ふ。然し今さらあの青春時の詩風に還らうとは思はぬ、還れも為ない、また還つたところでそれは偽るものである。兎に角私は此処まで到りついた。それは人としても詩の道を行ふ者としても可なりの悲惨な複雑な曲折を経てやうやうに辿りついたのである」と述べており、そこには「『桐の花』事件」を超えて辿り着いた「境地」のようなものが感じられる。

『フレップ・トリップ』

大正十四(一九二五)年五月に白秋は随筆集『季節の窓』、童謡集『子供の村』、七月には増補新版『思ひ出』をアルスより刊行する。六月には長女、篁子《こうこ》が誕生する。八月には歌人の吉植庄亮《よしうえしょうりょう》とともに、鉄道省主催の樺太《からふと》観光団に加わり、高麗丸に乗って横浜港を出帆し、北海道に渡る。一ヶ月にわたるこの旅行は「フレップ・トリップ」という題の下、十五回にわたって雑誌『女性』に連載され、後、昭和三(一九二八)年二月には『フレップ・トリップ』(アルス)として単行本が刊行される。長男隆太郎は三歳となっており、多くの童謡がつくられた時でもあり、白秋も落ち着いた生活をおくっていたことが推測できる。

大正十四年は堀口大学の『月下の一群』(第一書房)が出版され、また萩原朔太郎の『純情小曲集』、尾形亀之助の『色ガラスの街』(恵風館)、萩原恭次郎の『死刑宣告』(長隆舎書店)が出版された年であり、前年の大正十三年には宮沢賢治の『春と修羅』が出版されており、詩集が陸続と出版されていた。

函の背、表にも、本の背にも「フレップ・トリップ」と中黒点が使われているが、「本文」が始まる前の扉には「フレップ、トリップ」と印刷されている。これが誤植でなければ、中黒点ではなくて、読点で区切るのが白秋の「気分」だったのではないだろうか。その裏ページには「フレップの実は赤く、トリップの実は／黒い。いづれも樺太のツンドラ地帯に／生ずる小灌木の名である。採りて酒を／製する。所謂樺太葡萄酒である」と記されている。図12は恩地孝四郎による外函であるが、フレップとトリップとを図案化したものだろう。『フレップ・トリップ』は岩波文庫として二〇〇七年に刊行されているので、現在では読みやすいと思われるが、それまではあまり読まれてこなかったのではないかと思う。冒頭を少し引用しておく。

　心は安く、気はかろし、
揺れ揺れ、帆綱よ、空高く……

おそらく心からの微笑が私《わたし》の満面を揺り耀かしてゐたことと思ふ。私は私の背後に太いロップや金具の緩く緩くきしめく音を絶えず感じながら、その船首に近い右舷の欄干にゆつたりと両の腕をもたせかけてゐる。

見ろ、組み合せた二つのスリッパまでが踊つてゐる。金文字入りの黒い革緒のスリッパが。

心は安く、気はかろし、
揺れ揺れ、帆綱よ、空高く……　（中略）

ハロウとでも呼びかけたい八月の朝凪である。爽快な南の風、空、雲、光。

なんとまた巨大な通風筒の耳孔だらう。新鮮な藍と白茶との群立だ。すばらしい空気の林。

なんとまた高いマストだらう。その豪壮な、天に沖した金剛不壊力の表現を見るがいい。

その四方に斉整した帆綱の斜線、さながらの海上の宝塔。

一読すれば、誰もがその明るい文体に驚くのではないだろうか。岩波文庫の『フレップ・トリップ』には、先にも引いた山本太郎の「『フレップ・トリップ』の文体――その躍動美について」が附されているが、そこにおいて山本太郎は、白秋が「主客未分化のコンデンス状態をつくりあげ」ようとしていたのではないかと述べ、さらに「主客未分化は心理学上は幼児的心性のことだが、物の本質（実相）と無意識に、殆んど直覚的にふれあう無垢の童心を詩歌の原素と信じた白秋にとり、よく視よく聴く大人の経験を透して主客未分化の世界を醸成してゆく『フレップ・トリップ』の文体実験は格別の意味を持っていたに違いないのだ」と述べる。近代文学研究者で評論家の小笠原克《まさる》は、こうした白秋の明るい文体を「白秋光線」（「白秋の昭和・覚え書――伊藤整を遠景に」『白秋全集』月報38）と呼んだが、今風にいえば、「光線」に振仮名を施した「白秋光線《ビーム》」といったところだろうか。

図12 『フレップ・トリップ』外函

この樺太への旅のあと、大正十五（一九二六）年五月には八年間におよぶ小田原生活を終え、五月には

図13　『二重虹』扉ページ

上京し、下谷区谷中《やなか》天王寺町十八番地(現在の谷中七丁目)に居を構える。三月には童謡集『二重虹《ふたえにじ》』(アルス)、童謡集『からたちの花』(新潮社)、随筆集『風景は動く』(アルス)、九月には童謡集『象の子』(アルス)を刊行する。十一月には芸術雑誌『近代風景』を創刊する。

図13は『二重虹』の扉ページで、右隅に「白秋荘主人／清嘱二重虹／詩意　一平写」とある。『二重虹』では「上包」「口画」「挿画」「カット」のすべてを岡本一平が担当している。

「巻末に」において白秋は「この小田原《をだはら》の山《やま》や海《うみ》にはよく二重虹《ふたへにじ》が立《た》ちます。こんなにまた朝《あさ》や夕《ゆふ》がたに虹《にじ》の立《た》つところはあまり無《な》いでせうと思《おも》ひます。それは明《あか》るくて綺麗《きれい》です。隆太郎《りゆうたらう》はこの美《うつく》しい二重虹《ふたへにじ》を見《み》て育《そだ》つて来《き》ました。篁子《くわうこ》はまだわかりません」と記している。そして、「この「二重虹《ふたへにじ》」の挿画《さしゑ》は岡本《をかもと》一平《ぺい》さんが描《か》いてくださいました。鴉《からす》でも小犬《こいぬ》でも子供《こども》でもみんな動《うご》いてゐます。正面向《しやうめんむ》きの私《わたし》の顔《かほ》などはよく似《に》てゐるさうです。をかしいですか。童謡《どうえう》と画《ゑ》とよく見《み》くらべて楽《たの》しんでください。それで、この「二重虹《ふたへにじ》」は私《わたし》の童謡集《どうえうしふ》であるとともに、一平《ぺい》さんの画集《ぐわしふ》でもあります。これが私《わたし》には非常《ひじやう》に愉快《ゆくわい》です」と述べ、「内容」ともいえる「童謡」と「画」とを一具のものとしてとらえていることがわかる。
『近代風景』創刊号は北原白秋の「近代風景開現」という作品から始まる。

熱である。熱である。熱、熱、熱。
いかなる芸術運動も之無くして決して狂飈は捲き起さぬ。

時として私たちは林檎の花のごとく閑かであつた。月光のごとく、また、私たちは地の上に幽かであつた。しかもまた私たちは本然の水脈を深処の上に聴いた。

開け、近代の風景よ。
太陽よ、雲よ、星座よ、山嶽よ。
紫の電信柱よ、ああ、電波よ、アンテナよ。鳥人よ。
ああ、詩感は宇宙に瀰満する。

『フレップ・トリップ』の明るい文体を思わせる。「編輯後記」には「詩は本誌の生命である。吾々はあらゆる意味に於て非詩を排する。幸にいゝ詩欄が出来た。これは壮観だ。これは少くとも実質的に言つて現代日本詩壇の最高水準を示すものだ」とある。その詩欄は北原白秋の「月から観た地球」から始まり、大木篤夫の「新月黙禱」、大手拓次の「煙草に酔へる銀の蝸牛」と続き、平野威馬雄《いまお》「白虎」、矢部季「朝」、竹中郁「湯場」、サトウ・ハチロー「あの笛」、金子光晴「海の憂鬱」、堀口大学「或る風景」、室生犀星「塔の中」、河井酔茗「魚と波」、三木露風「風物詩」と並ぶ。白秋は「詩」以外の「小品・随筆」欄に「朝は呼ぶ」、「小説」欄には「影」という作品を載せており、力の入れぐあいが窺われる。

第八章

言葉の魔術師

――詩集『海豹と雲』と歌集『白南風』

月から観た地球は、まどかな、
紫の光であつた、
深いにほひの。

わたしは立つてゐた、海の渚に。
地球こそは夜空に
をさなかつた、生れたばかりで。

(『近代風景』創刊号「月から観た地球」)

『近代風景』創刊号表紙

緑ヶ丘の洋館

昭和二(一九二七)年三月、白秋一家は大森馬込緑ヶ丘の赤い屋根の洋館に転居する。「緑ヶ丘」は通称で、当時の地番は府下荏原郡馬込村霜田二八七(現在の大田区東馬込二丁目十八番地)であった。

昭和三年の四月には世田谷区若林二三七番地に転居する。この家は、『夢の壁』で芥川賞を受賞している作家、加藤幸子の『時の筏』(一九八八年、新潮社)の舞台となっている「西洋館」である。図14は『白秋全集』月報40に載せられている、北原隆太郎が書いた世田谷若林の家の見取り図。「門内の広場を鈴木三重吉の引率する騎道少年団が回った」「編集室では、本間立也・巽聖歌・与田準一ほか諸青年が全集校正刷の読み合わせをしていた」とのこと。白秋が隆太郎や篁子の成長、特に二人の発した「独語」などを絶えず記録していたことが、「父白秋の像」(一九四八年、鳳文書林、井上康文編『回想の白秋』所収)に記されているが、それを白秋ができない時には母が、「世田谷の若林時代になると与田準一氏が続けてして下さつてゐた」とある。

右の文章中には、四歳の時の篁子の詩が載せられていてほほえましい。

桜《さくら》の花《はな》が
ちらちらさいた。
桜《さくら》の花《はな》が
ちらちらちつた。
お月様《つきさま》のやうに
坊主《ぼうず》になつた。

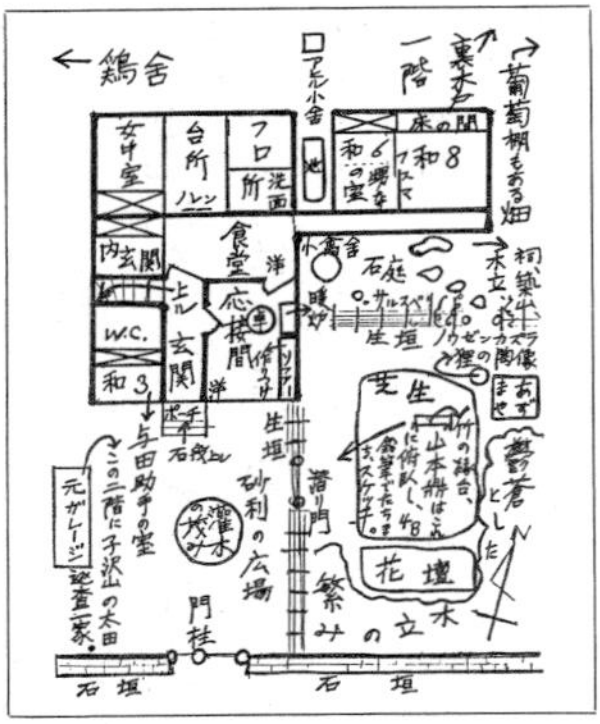

図14　世田谷若林の家

この頃のことを恩地孝四郎が「追憶画像」(『回想の白秋』所収)に記している。そこには「芝生のあかるい記憶のなかに隆太郎君が浮び出す。これは夏。アルスの中村正爾さんも一所だつたと思ふ。庭に廻ると、北原さん長いホオスを引きまはしての水まきである。そしてその筒先をみると隆太郎さんが水を浴びてづぶぬれである。すつかりやんちや坊やとなつた裸の白秋氏が、隆太郎君のがんばりに対抗して盛に水をひつかけるのである」とあって、なんとものどかな、底抜けの明るさが伝わってくる。

駆け巡る白秋

七月には「大阪朝日新聞」の委嘱で、白秋は恩地孝四郎とともに旅客機ドルニエ・メルクールで福岡県の大刀洗《たちあらい》から大阪へ向かって「芸術飛行」を行なった。九月には『近代風景』が二十二冊で廃刊となる。十月には自選歌集『花樫』を改造社より刊行する。

昭和四(一九二九)年三月末には、南満州鉄道の招致によって、四十余日にわたって満蒙各地を巡る。五月下旬には、八幡製鉄所所歌作成のために、福岡を訪れ、柳河にも帰省する。さらに唐津《からつ》、呼子《よぶこ》、南関《なんかん》などを三十余日をかけて巡る。南関には、白秋の母しけの生家である石井家がある。白秋生前最後の詩集となった『新頌《しんしょう》』(一九四〇年、八雲書林)には「道の手」と題された詩作品が収められているが、その最終連には「北の関《せき》、南の関《せき》、／この道の手、我は見る、我が昨日《きのふ》の／をさなごころ。」とあって、南関が白秋の「をさなごころ」と強く結びついていることを窺わせる。

三月には童謡論集『緑の触角』(改造社)、四月には『現代日本詩集』(改造社版『現代日本文学全集』の一冊)の巻末附録として「明治大正詩史概観」を発表する。これは後、昭和八年に改造社文庫の一冊として出版される。五月には長歌の集『篁《たかむら》』(梓書房)が、六月には童謡集『月と胡桃《くるみ》』(梓書房)が、八月には詩集『海豹と雲』(アルス)が刊行される。

昭和六年の五月には東京市外砧村西山野に転居し、六月には『白秋童謡読本』全六巻(采文閣)、九月には『北原白秋地方民謡集』(博文館)が刊行される。

昭和八年の四月には鈴木三重吉と絶交し、雑誌『赤い鳥』との関係を断つ。五月には岩波文庫『白秋詩抄』、六月には岩波文庫『白秋抒情詩抄』が刊行される。

昭和九年一月には『白秋全集』全十八巻が完結する。四月には第六歌集『白南風』をアルスから刊行する。昭和十年六月には雑誌『多磨』を創刊する。

日本古神道の精神

詩集『海豹と雲』は昭和四(一九二九)年八月二十八日、アルスから刊行されている。「後記」によれば装幀は『篁』や『月と胡桃』の装幀を担当した、早稲田大学ロシア文学科出身で、詩人、歌人、翻訳家の中山省三郎との由。「後記」にはまた「本集には『水墨集』後の凡そ八年間の詩作品を蒐めた。竹林に恵れた小田原の山荘に於ける震災前後の生活から、珠数工に隣り住んだ谷中天王寺十八番地の仮寓時代、大森は馬込の月光の谿を瞰望した丘の上の一年が此の間に推移した」とある。

白秋はこの「後記」において、自身の「最近の詩の傾向」について、『海豹と雲』に収められている「汐首岬」の名をあげ、「日本古神道の精神を此の近代に新に再造するにある。わたくしはかの古事記、日本紀、風土記、祝詞等を渺遠にして漠漠たる風雲の上より呼び戻して、切に古代神の復活を言霊の力に祈り、之に近代の照明と整斉とを熱求しつつある。わたくしは日本民族の一人として、容易にかの泰西流行の思想に同ずることを潔しとせぬ」と述べる。ここには「日本古神道の精神」の「再造」、あるいは「古代神の復活」「日本民族の一人」といった表現がみられる。いつもの、白秋の熱情、熱血かもしれない。しかし、前年の六月には中華民国の奉天《ほうてん》(現在の瀋陽市《しんようし》)近郊で、日本軍による、奉天軍閥の指導者張作霖《ちょうさくりん》の暗殺事件が起こり、この年の四月十六日には共産党の弾圧事件が起こっている。昭和五(一九三〇)年の四月には、日本、イギリス、イタリア、フランス、ドイツが海軍軍縮条約を結び、その翌年の昭和六(一九三一)年にはいわゆる満州事変が起こる、そういう「時局」とまったく関係がないとはいいにくいであろう。

「後記」の冒頭には「一音の言葉にも広大の宇宙がある。此の宇宙をわたくしは日夜に検鏡しつつ、人知れぬ驚喜と嗟嘆とに我が身内も顫へつつある。つまりは言霊の生命といつても眼に見えぬ微塵数の原子から発すること、かの細菌の作用と同一に、わたくしには空おそろしくさへ考へられる」とある。ここに「言霊」という語が使われていることも気になる。「詩人の精神はその摂収する一語一音の中にあつて、既にかの花粉のごとく玉露のごとく、芬芬として離離として発光してゐるのである。であるから、単に言葉と感覚との享楽的二重奏とのみ観て、白秋に思想無しなどといふ認識不足の言に対しては、わたくしはただ微笑してゐればいいと思へる。わたくしは之を憤るほどの未練な世界に最早や住してゐないつもりである」は、そうは述べながらも、やはり「思想無し」とみられることを気にしているさまが窺われるが、この「白秋節」も、やはり、「時局」を背景にすると、ことさらに日本や日本民族をうたいあげるような「調子」が気にはなる。そうしたことがらについては、第九章で改めてふれることにして、ここでは詩集『海豹と雲』と歌集『白南風』及び『白秋全集Ⅷ』に収められた文章「緑ヶ丘風景」「緑ヶ丘の秋」「緑ヶ丘にて」「剝製の栗鼠」を具体的に対照しながら検証することによって、白秋が一つの「詩想＝情報」を詩という「器」と短歌という「器」にどのように「盛りつけているか」ということを考えてみたい。「剝製の栗鼠」において白秋は「詩が果せれば童謡を作らねばならず、童謡の気分はまた論文に転換されねばならぬ。積極的に動いて行かうとする私にとつてはあらゆる表現形式を自己表現の形式とする」と述べているが、その白秋の考え方の「検証」といってもよいかもしれない。

四つの風景

『白南風』には「巻末記」が添えられている。そこで白秋は、「本集には四つの風景がある」と述べ、「天王寺墓畔」「馬込緑ケ丘」「世田ケ谷若林」「砧村」の名前をあげ、それぞれについて説明を加えている。「馬込緑ケ丘」については「近代的風景」と述べ、『白秋全集XIII』の詩文に「委曲が尽されてゐる」と述べ、かつて芥川龍之介が、「これは白秋城だ」と言ったことが紹介されている。

白秋の友人で画家の山本鼎と白秋の妹家子とが結婚したことは先に記したが、その子が詩人の山本太郎(一九二五～一九八八)である。したがって、山本太郎は白秋の甥ということになる。山本太郎が生まれた大正十四(一九二五)年に、白秋は四十歳であるので、それだけ年齢差があることになる。

その山本太郎が『白秋めぐり』(一九八二年、集英社)を出版している。山本太郎によれば、白秋が緑ヶ丘に居を構える少し前の、大正十二(一九二三)年には、病弱な妻家子の健康を案じて、山本鼎は田端から大森の熊野神社境内近くの閑静な場所、白秋の弟である北原義雄家(大森新井宿一三九四番地)の隣地に移り住んだという。白秋の両親、北原長太郎、しけも義雄の家に同居していた。白秋は先に述べたように、昭和二(一九二七)年に緑ヶ丘に居を構えるが、本郷動坂に出版社アルスを創立した次弟の鐵雄以外の北原一族が同じ大森の地に集まっていたごく僅かな期間ということになる。

山本太郎は『白秋めぐり』の中で、白秋の緑ヶ丘の家について、「品鶴線を見下ろす小高い丘のうえにあった。某建築家が白秋のために設計した赤屋根の木造二階建ての西洋館でヒマラヤ・シーダやポプラをめぐらし、いかにも白秋好みのシャレた建物だった」と述べている。オランダの木靴《ボア》を履いて、たっぷりとした長衣を着た白秋の立ち姿の写真をよく目にするが(図15)、これが大森緑ヶ丘時代の白秋とのことだ。

北原隆太郎『父・白秋と私』(二〇〇六年、短歌新聞社)には「鎌倉から上京の都度、私はいつも往復の車窓からあの丘の東端の家をじっと眺めている。たちまち見えなくなるが、現に乗っているJR横須賀線も、その上の新幹線も、もともと私どもが住んでいた時に竣工した品鶴線の貨物線の鉄路であった」と述べている。調べてみると、品鶴《ひんかく》線は昭和四(一九二九)年八月二十一日に開業している。品鶴線は、昭和三年八月三十日に竣工された多摩川橋梁で多摩川を渡る。

図15 昭和2年，大森緑ヶ丘自宅のテラスにて
(『白秋全集』月報31より)

『日本児童文庫』をめぐる騒動

昭和二(一九二七)年は一冊一円で販売される全集や叢書などの「円本」の販売競争がピークに達した年であった。ア

ルスは『日本児童文庫』全七十六巻を、興文社・文藝春秋社は『小学生全集』全八十八巻を出版する。『日本児童文庫』は、自由大学運動で知られる哲学者土田杏村《きょうそん》の立案であったことが上木敏郎「白秋と杏村」(『白秋全集』月報39)において指摘されている。土田杏村は、白秋とともに、アルスから雑誌『芸術自由教育』を刊行している。また『詩と音楽』にもしばしば執筆し、自由律現代語短歌を主張しつづけた。

芥川龍之介は、佐藤春夫とともに、『日本児童文庫』の第十三巻「支那童話集」の執筆を約束し、かつ『小学生全集』の編者に名前を連ねていた。『日本児童文庫』の第十三巻は、第三巻の「日本歴史物語(下)」とともに、第十九回配本分にあたっており、芥川龍之介没後の昭和四年一月に刊行されている。そのために佐藤春夫は「はしがき」に「この本《ほん》はほんとうなら芥《あくた》川龍之介君《がはりゆうのすけくん》と一《いつ》しょに著《あらは》すつもりでゐました。それだのに芥川君《あくたがはくん》がなくなられたのでわたくしだけの本《ほん》になつてしまひました。芥川君《あくたがはくん》がゐてくれたらもっと面白《おもしろ》いものになつたらうと思《おも》つて、残念《ざんねん》です。皆《みな》さんにもお気《き》の毒《どく》です。／昭和三年《しようわさんねん》のクリスマスの日《ひ》／佐藤春夫《さとうはるを》しるす」とある。

アルス側は、自社の企画を興文社・文藝春秋社が盗んだとして、告訴するに至り、芥川龍之介は両者の板挟みとなって悩むことになる。山本太郎は、北原鐵雄が「晩年ちかく、昔語りとでもいう風に」きかせてくれた話を「あれはツユも終る頃だったが、蒼い顔をした芥川さんが訪ねてきてね、けっきょく何も言わないで帰っていったんだ。何もきかなくてもわしには芥川さんの心はわかっていたんだよ。けれどね太郎、あのデリケートな芥川さんが、その時、ソフトを忘れていったんだな。それが気になってね。自殺したのはすぐその後だった」と記している。芥川龍之介は昭和二(一九二七)年の七月二十四日に自殺している。

白秋は『近代風景』の第二巻第八号(昭和二年九月一日)に「芥川龍之介君について」という文章を載せている。その中で、「君と私との間にはさしも深い交際は無かつたが、常に何か相通ずるものがあつた」と述べた上で、前述の出版社間の係争にふれ、「ああした争闘を防止すべく、事前に私は君を訪問し君もまた私のこの緑ケ丘の寓居をたづねてくれた。それが最後の会見となつたのである。この会見の内容について、私が敢て世に云ふところが無かつたのはつくづく芥川君の苦衷を思つたからである。今日でも発表したくはない。(中略)私は君を愛惜し、理解の深かつた後進の一人を失つたことを私自身にも寂しく思ふ」と述べる。山本太郎は、「鉄雄宅へ現れたのは更にその後だったと推定される」と述べている。

二つの器
――短歌と詩

『白南風』の短歌と『海豹と雲』の詩との重なり合いを具体的にみてみよう。

両者には「やや黄なる風景」という同じ題がみられる。

やや黄なる風景

1　梧桐《あをぎり》のふふめる花の穂に立てば二階も暑し窻は開《あ》け置く

2　日は午《ご》なり靄たちこむる向う空にカキ色の気球熱しきりたる

3　午《ひる》の坂黄なるドレスののぼりゐて電柱の影が彎《ゆが》みたり見ゆ

やや黄なる風景

白き猫枝にかがやき、
ゆりの木の病葉《わくらば》黄なり。
梢にはいささかの風、
光線はいつか秋なり。

飛べよ、子よ、大き窓より、

硝子戸はとく押しあげぬ。
午《ひる》はいま、すべて美し、
軽気球向うにあがる。

しかも、黄のドレスは歩む。
電柱は彎《ゆが》み続けり。

菜園の斜面よ、阪よ、
風景は近く動けり。

ここにあげた歌の他にも、『白南風』には、この詩と重なり合う表現がみられる。詩の「ゆりの木」は「うち開くわが屋《や》は高しゆりの木のほづえに花も現れにけり」(「木の花咲く」)、のユリの木であり、「白き猫」は「広き葉の半《なかば》は黄なる本《もと》つ枝《え》に早や風涼しうちかがむ猫」(「百合木と猫」)のネコであろう。やはりここでもユリの木の「広き葉」が半ば黄色になっていることが表現されている。「大き窓」から飛んだのは長男隆太郎であろう。『白南風』には「大き窻今朝うちひらき朗らなり芝の刈生《かりふ》に子は飛び下《お》りる」、「緑ケ丘風景」には「時は初夏の午後三時、大きなパラソルをさした母親に手を曳かれて向うから来る亜麻いろのシャツの子が何と笑つて私に挨拶したか。「こんばんは。」」という行りがある。「亜麻いろ」はもちろん黄色ではない。しかし、それを「黄のドレス」とみて、あるいは置き換えて作品をつくる、ということはむしろ当然のことであろう。初夏の午後三時の日射しで電柱が歪んでみえる。「緑ケ丘風景」には「麦畑の向うを赤い運動帽の新聞配達が駈けてゆく。蚕豆畠の下の農家にもアンテナがある。洋装の子が球投げをしてゐる。百姓の子だ。それから電柱の行列である」とあって、白秋の家のあたりには電柱が多かったことがわかる。

詩の最後には「風景は近く動けり」とあるが、「緑ケ丘風景」の末尾にも「近代風景、近代風景、／少くとも緑ケ丘は快適である」とある。白秋が『近代風景』という雑誌を主宰していたことは述べたが、「近代風景」は白秋にとっては自身の一つの「イメージ」をくるキー・ワードの一つであっただろう。考えておかなければならないのは、そのキー・ワードのもとにどの程度の細やかさでイメージがくくられているか、ということである。筆者は、「近代風景」というくくりかたはわりあいと大きなくくりかたではないかと考えている。「都会」もそうしたキー・ワードの一つであろうと考えるが、「都会」の次にくる、そして「都会」よりも大きなキー・ワードが「近代風景」で、それはその大きさゆえに、次第に白秋のコントロールを離れていく。柳河を基底にもつ白秋の「近代風景」は次第に柳河とは結びつかない、大正、昭和期といった近代日本の風景へと変わっていく。

木俣修は『白秋研究Ⅱ』(一九五五年、親典書房)において、白秋の「詩眼に映つた自然の一角は、空間のひろがりと、時間の継続の中に美しい散文につづられて行く。そして散文としての詩文に鏤められた数多の宝石のうちから拾いあげられた特別なある個々の宝石は、更に歌にむくものは歌として一つ一つ磨かれ、詩にむくものは詩にと磨かれて行くのである。詩として、歌としての効果についての細心の設計が工作されるのである。そしてそこに各々が独自な光彩と、香気を放つことになる」と述べている。誤解はないと思うが、念のためにいえば、まず散文に、という順番があるわけではないはずで、白秋が散文という「器」を選択すれば、それにふさわしい彫啄を加え、短歌という「器」を選択すれば、それにふさわしい彫啄を加えるということである。木俣修はこの文章を「白秋氏のいわゆる随筆が重要な意味をもつてくるのである」という一文で結ぶ。すぐに思い浮かぶことは、『思ひ出』の「わが生ひたち」と『思ひ出』に収められた詩作品との対照であるが、(時に「随筆」と分類されている)文章と詩的言語としての作品(詩、短歌など)との対照は右のような意味合いにおいて、きわめて興味深い。

橋のイメージ

『白南風』には「架橋風景」と題した一連の作品が収められている。

1　憤怒《いきどほり》堪へつつのぼる我が歩み陸橋にかかり夏の富士見ゆ
2　陽炎の揺りあふる見れば朱《しゆ》の桁や鉄橋はいまだ架け了へずけり
3　かうかうと鉄の鋲うつ子ら見れば朱《しゆ》の鉄橋は雲に響けり
4　蒸す雲の立雲《たちぐもも》思へば息の緒に息こらへ立つ憤怒《いきどほり》の神
5　こまごまと茱萸《ぐみ》の鈴花《すずばな》砂利に散りあはれなるかなや照りのはげしさ

右の作品は、昭和九(一九三四)年一月一日、『短歌研究』第三巻第一号に「馬込緑ヶ丘」という題のもとに「架工風景」という小題を附して掲載されている。そこでは、2の第二句が「ながらふ」、4の第二句が「夏を思へば」、5の第五句が「心むなしさ」であった。そのような小異はあるが、「架工風景」が「架橋風景」の初出とみてよい。『白南風』が出版されるのが昭和九年四月二十日であるので、白秋は短時日の間に初出のかたちに「手入れ」をして『白南風』に収めたことがわかる。

北原隆太郎『父・白秋と私』によれば、1の「陸橋」は「緑ヶ丘の西端で線路を跨ぐ橋であった」とのことであるが、「架橋」は「品川、鶴見間の貨物線を敷設《ふせつ》する工事」で「丘のわが家から一〇〇メートルほど西方、盆地を南北に貫いて二分している長い土手に鉄橋を架橋中であった。家の北側の窪みの原っぱには赤錆びた鉄骨の橋材や角石が積まれ、トロッコや手押車が転がり、工事人夫がいつも五、六人はいた」とのこと。先ほどもふれた「品鶴線」である。そしてつくられたのは「未詳だが六月頃（引用者補：昭和二〈一九二七〉年の）らしい」と述べ、「父も必ずしも即興詩人ではなく、特に短歌の場合、生活体験中の素材が作品の形をとるまでに何年も経っている例がすこぶる多い」と述べている。隆太郎の右の言説のとおりであるとすれば、実際の架橋工事が行なわれていたのは、昭和二年の六月頃、短歌が発表されたのは、それから七年ちかくたってからということになる。こうしたことには留意しておきたい。

ポスト印象派から影響を受けたとされているフェリックス・ヴァロットンは晩年、屋外でのスケッチや写真をもとに、アトリエの中で自由な発想で独自の「風景画」を描いたことが指摘されているが、そもそも写生に基づいて絵をしあげていくということは、日本画においても西洋画においてもごく一般的なことであろう。「屋外でのスケッチ（写生）」を「第一印象（first impression）」＝（最初の）「イメージ」とみなせば、その「イメージ」をもとにしてさまざまな言語作品がアウトプットされるということであろう。白秋においては、(最初に脳内に形成された)「イメージ」が(時間の経過とともにそのイメージが変化していくことは当然あることとして)長く保たれていたのではないだろうか。

『海豹と雲』にはやはり「架橋風景」と題された作品が収められている。

架橋風景

鉄工は鉄をうつ。
かんかんとうつ。
光なり。白南風《しらばえ》の
樹木なり。
朱なり、明るさ
橋材なり。

斜面なり。いきれたつ
雑草なり。

蛙なり、
盆地に燥《いら》つ。

童《わらべ》なり、
童《わらべ》と憎む。

聴けよ、この
満ち満つ熱を。

聴けよ、ただ
こらゆる息を。

一つなり、
憤るもの。

鉄工は強くうつ。
かんかんとうつ。

この詩が、実際に架橋工事をしている「実景」にそのままかたちを与えたものでないことはむしろ明らかであろう。なにより、詩とはそういうものであるはずがない。

不協和音をとらえる

白秋は歌集『白南風』の「序」において、「白南風」について「白南風は送梅の風なり。白光にして雲霧昂騰し、時によりて些か小雨を雑ゆ。鬱すれども而も既に輝き、陰湿漸くに霽れて、愈ゝに孟夏の青空を望む。その薫蒸するところ暑く、その蕩揺するところ、日に新にして流る」「茲に我が歌興の煙霞と籠るところ多きを以て、採つて題名とす」と述べている。「シラハエ(白南風)」とは「梅雨明けの頃に吹く南風」であり、白秋においては、「鬱すれども而も既に輝き、陰湿漸くに霽れて、愈ゝに孟夏の青空を望む」、夏に向かう時期、夏に向かう「気分」を表現している語といえよう。しかしそこには「鬱」も

「陰湿」もわずかながらに残っているとみるべきで、それを「煙霞と籠る」と表現したと覚しい。「斜面」は「白秋城」の南端のことだろうか、そこから飼っていた鶏の卵が転がり落ちたことが『父・白秋と私』には記されている。「架橋工事」の「実景」に、「白秋城」での日常生活が織り込まれている。そして、「いきれたつ」雑草、盆地で騒がしく鳴く蛙といった、夏に向かう「気分」と鉄工が「かんかんとうつ」音は一部重なり、一部は重ならず、そのわずかないらだちを「童《わらべ》と憎む」ということではないだろうか。いわば「不協和音」をとらえたように思われる。

「光なり。白南風《しらばえ》の／樹木なり。」「斜面なり。いきれたつ／雑草なり。」「蛙なり、／盆地に燥《いら》つ。」という三つの連は『白南風』の「日は暑しのぼり険《けは》しき坂なかば築石垣《つきいしがき》のこほ／ろぎのこゑ」「白栄《しらはえ》の暑き日でりの竹煮ぐさ粉にふきいでて／いきれぬるかも」(「吾家の坂」)、「馬込《まごめ》盆地の暑き小《を》峡《かひ》にうちひびき蛙《かはづ》は啼けり／草いきれ立ち」「声合《あは》す草田のかはづ昼闌《た》けて間《ま》を啼きしぶれ／深むものあり」(「盆地の蛙」)などと対応していると思われる。

近代の風景

さて、『海豹と雲』には「鋼鉄風景」という題の詩も収められている。第六連までをあげてみよう。

神は在る、鉄塔の碍子に在る。
神は在る、起重機の斜線に在る。

神は在る、鉄柱の頂点に在る。
神は在る、鉄橋の弧線に在る。

神は在る、晴天と共に在る。
神は在る、鋼鉄の光に在る。

神は在る、近代の風景と在る。
神は在る、鉄板の響と在る。
神は在る、怪奇な汽罐に在る。
神は在る、モオタアと廻転する。

神は在る、装甲車《タンク》と駛《はし》る。
神は在る、砲弾と炸裂する。

この作品について、山本太郎は『白秋めぐり』において、「「落葉松」などの延長線上に展開した叙事と抒情の融合形と見てもいいし、一方では香りの狩猟者白秋の面目躍如とした『思ひ出』の官能耽美の詩風が晩年、よりスケールの大きな世界で開花し、白秋特有の宇宙的全円運動に変転したと考えてもいい詩脈を示している」と述べ、高く評価している。

ほとんどすべての行が「神は在る」から始まっているが、「起重機の斜線」「鉄柱の頂点」「鉄橋の弧線」といった表現がみられ、「実景」としての架橋工事が基底にあることを窺わせる。第四連には「近代の風景と在る」とあり、白秋はここに「近代の風景」を描き出していると思われる。第九連には「神は在る、鉄筋の劇場に在る。／神は在る、鉄工のメーデーに在る。」、第十二連には「神は在る、立体の。キュビズムに在る。／表現派は都市を彎曲する。」とある。

白秋にとっての「近代の風景」とはどのようなものだったか。やはり「装甲車《タンク》と駛《はし》る」「砲弾と炸裂する」といった表現、あるいは「鉄工のメーデー」という表現、「キュビズム」という語も目を惹く。これらがまぎれもない「近代の風景」であるとすれば、白秋はこれらの「風景」も受け入れなければならない。まして、架橋工事は自身の趣味を反映した家を建てるというようなこととは違って、いわば自身の力の及ばないことであり、そういうところで、進行していく「近代」を「風景」として目のあたりにした白秋の「わずかないらだち」の延長線上にこの「鋼鉄風景」があるのではないだろうか。「架橋工事」という題はいわば具体的な題であるが、「鋼鉄風景」はそういう意味合いにおいては抽象的な題ともいえよう。

同時に、日常に浸潤してきている「鋼鉄」はどこかで「時局」をも思わせる存在であったのではないか。しかしそうした「鋼鉄」にも「神は在る」とうたった白秋には、いらだちながらもその一方でそうした「風景」を認めようとする「気分」もあったのではないか。それがいらだちを募らせていたのではないか。

開閉橋・永代橋・品鶴線の橋

白秋にとっての「橋」の「系譜」をたどってみると、まずは『水の構図』に「開閉橋」として写真が掲載されている、柳河の橋であったと考える。『水の構図』に載せられている写真はゴッホの「アルルの跳ね橋」を思わせるような形をしている(図16)。

開閉橋

葦むらや
開閉橋《かいへいけう》に落つる日の
夕凪にして
行々子鳴く

第一詩集『邪宗門』には「ツリバシ（吊橋）」という語が次のように、繰り返し使われている。

「はやも見よ、暮れはてし吊橋《つりばし》のすそ、／瓦斯《がす》点《とも》る……いぎたなき馬の吐息《といき》や、」（「秋の瞳」）、「吊橋《つりばし》の灰白《はひじろ》よ、疲《つか》れたる煉瓦《れんぐわ》の壁《かべ》よ、」（「顔の印象」六篇・C「醋の甕」）、「哀《あは》れ、みな悩《なや》み入る、夏の夜《よ》のいと青き光のなかに、／ほの白き鉄《てつ》の橋、洞円《ほらまろ》き穹窿《あああち》の煉瓦《れんぐわ》、」（「青き光」）、「水落つ、たたと……両国《りやうごく》の大吊橋《おほつりばし》は／うち煤《すす》け、上手《かみて》斜《ななめ》に日を浴《あ》びて、／色薄黄《き》ばみ、はた重く、ちやるめらまじり」（「浴室」）、「そがうへに懸《かか》る吊橋。／煤《すす》けたる鼠《ねずみ》の鉄《てつ》の桁《けたが》構《まへ》、／半月形《はんげつけい》の幾円《いくまろ》み絶えつつ続くかげに、見よ、／薄《うす》らに青む水の色、」（「吊橋のにほひ」）、「油《あぶら》うく線路《レエル》の正面《まとも》、／鉄重《てつおも》

図 16　『水の構図』開閉橋

き橋の構《かまへ》に／雲ひとつまろがりいでて／くらくらとかがやく真《ま》昼《ひる》、」(「日ざかり」)。

図17は、実際の永代橋である。長野電波技術研究所附属図書館から発行された「明治45年の東京」から引用させていただいた。

「吊橋のにほひ」には「雲は熔《とろ》けてひたおもて大河筋《おほかはすじ》に射かへせば、」とあるので、この「吊橋」は隅田川にかかっているいずれかの橋を「吊橋」に「見立てた」ものであろうが、いうまでもなく、実際の橋が吊橋であるのではなく、「半月形《はんげつけい》の幾《いく》円《まろ》み絶えつつ続く」形状が吊橋のように見えるということであり、白秋は隅田川にかかる橋に、柳河の開閉橋を「見ていた」のではないか。

図17 明治45年の永代橋

『白秋全集Ⅷ』に収められた「緑ヶ丘風景」には「工事中の切り通しがある。レエルがある。セメントの橋台がある。赤い鉄橋の材料が投げ出されてある。それから粗末な仮橋がある。この切り通しの遥かの上と下とにまた幾つかの仮橋が見える。欅の新緑が湧き立つて光る。まるで油絵風である」とある。実際の架橋風景を描写した文章であるが、「油絵風」が気になった。

白秋は「欅の新緑」の中の架橋風景が「油絵風」だと述べているとみるのがもっとも自然であろう。しかしそこにゴッホの「アルルの跳ね橋」のイメージは揺曳していないのだろうか。

白秋の「三つの橋」とは、柳河の開閉橋と、隅田川にかかっている橋、品鶴線の橋だ。隅田川にかかっている橋は、明治末年における「近代風景」といえよう。しかしそれが、昭和四年頃には、さらなる「近代」を迎えるに至った。白秋のいらだち、憤りは、故郷の開閉橋と訣別しなければならない「時代」が迫ってきていることに対してのものを含んでいたのではないか、というのが筆者の「よみ」である。

イメージを重ね合わせる

この「よみ」は筆者の「妄想」の産物かもしれない。しかしここでもう一つ述べたいことは、一人の「読み手」として、筆者の個人的な経験が筆者のイメージを醸成していて、そうしたイメージのもとに、白秋の作品に向かうしかない、ということだ。それは「読み手」と作者との「対話」といってもよい。「読み手」として詩的言語に対峙した時に、個々人の言語経験、言語生活がもっとも「露呈」するのではないか。

詩作品の作者のもっているイメージが読者のそれとぴったりと重なれば、読者はその詩作品をよく理解することができる。詩はそういうことを丁寧に説明しないから、イメージが重ならなければ理解しにくくなる。だから「詩はわからない」ということになる。それはそれでいいのだと思う。わかる(と思う)ところだけわかっておけばいいというと身も蓋もないが、作者のイメージと読み手が脳内に蓄積しているイメージとを重ね合わせ、ぶつけ合う、あるいは「対話」する、ということが「詩をよむ」ということであると考える。

「白秋がどのようなイメージを起点として作品をつくったかを明らかにする」という問いをたてれば、その問いに対する(できるだけ「客観的な」)答を探すことになる。「客観性」が確保されていないと他者に判断されれば、その答は「主観的な妄想」ということになる。しかしまた、白秋の詩作品が、凍結されていた読み手のイメージを解凍し、詩作品と読み手のイメージとが触れ合うことによって、新たな「世界」にはいっていくことができるとすれば、それを「妄想」として退ける必要もないのではないか。白秋の詩作品にふれても、「読み手」自身の内部に何も「化学反応」が起こらないとすれば、それこそが「問題」ではないだろうか。

第九章

少国民詩集
——この道を僕は行くのだ

あかい帽子はパンが好き、
あをい帽子はばらが好き、
ふたりゐねむり、夢《ゆめ》のなか、
パンだ、ばらだ、と　よんでます。

（『七つの胡桃』「パンとばら」）

『七つの胡桃』「帽子と地球儀」扉絵

まずは白秋最晩年の年譜を確認しておこう。昭和十一(一九三六)年「時局」がいよいよ緊迫していくさなか、六月に鈴木三重吉が死没する。十二月に白秋は国民歌謡集『躍進日本の歌』(アルス)を刊行する。

昭和十二年九月初旬、視力に異常を覚え、同月十日には駿河台の杏雲堂病院に入院する。糖尿病、腎臓病による眼底出血であることがわかる。

昭和十三年一月七日、退院して自宅療養につとめるが、視力は回復しない。五月には先述の、添削実例集のような『鑕《かなしき》』をアルスから刊行する。

昭和十四年二月、日本文化中央連盟の皇紀二千六百年奉祝歌詞創定委員となる。六月から七月上旬にかけて歌興が募り、「満蒙風色」「郷土飛翔吟」など数百首をつくる。十月に、交声曲「海道東征」及び長唄「元寇」が完成し、曲がつけられる。八月には随筆集『雲と時計』を偕成社より、十一月には歌集『夢殿』を八雲書林より刊行。

昭和十五年、八月十一日より三日間、鎌倉円覚寺において、第三回多磨全国大会を開催、八月中旬には病中吟をまとめた歌集『黒檜《くろひ》』を、十月には詩集『新頌』を八雲書林から刊行する。

十一月には東京音楽学校(現在の東京芸術大学音楽部)において、「海道東征」が初演される。

昭和十六年、一月に河出書房から『白秋詩歌集』の第一回の配本がされ、九月には全八巻が完結する。三月には「海道東征」に対して福岡日日新聞社の文化賞が贈られることになり、受賞式に参加するために家族を同伴して福岡へ行き、式後に、郷里柳河における多磨九州大会に出席。しばらく小康を保っていたが、年末には血圧が二五〇に達し、呼吸困難に陥る。

昭和十七(一九四二)年一月二十八日に、市外砧村喜多見成城南十九(現在の世田谷区成城一丁目三十二番地)に転居する。糖尿病、腎臓病ともに悪化し、慶應病院に入院する。三月十八日には杏雲堂病院に移る。歌論集『短歌の書』を河出書房から、少国民詩集『港の旗』をアルスから刊行する。七月から八月にかけて、歌集『渓流唱』『橡《つるばみ》』の編集が進められる。九月には少国民詩集『満洲地図』をフタバ書院から刊行。かねてから編集を進めていた田中善徳と共著の『水の構図』の序文が十月六日の深更に書かれたが、「あとがき」は未完成のままになった。(『水の構図』は白秋没後の昭和十八年一月にアルスから刊行された。)この年の五月に朝日新聞社から創刊された『週刊少国民』に「大東亜戦争　少国民詩集」の題で、詩を連載し続ける。作品は白秋没後に『大東亜戦争　少国民詩集』として昭和十八年八月に出版される。

十一月二日午前七時五十分永眠、五日に青山斎場で葬儀が執行される。十二月二十一日には五十日祭が行なわれ、多磨墓地に埋骨される。これに先立つ十一月には童謡集『七つの胡桃』(フタバ書房)、十二月には『風と笛』(紀元社)が刊行された。昭和十八年六月には『多磨』が「北原白秋追悼号」として発行される。

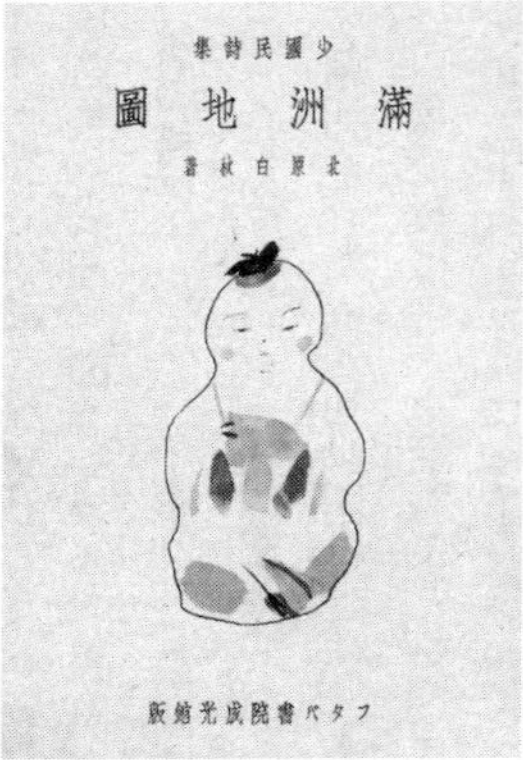

図18 『満洲地図』扉ページ

少国民詩集

年譜からわかるように、この時期にも児童向けの出版が続けられている。

図18は『満洲地図』の扉ページ。装幀、挿画は洋画家の富樫《とがし》寅平《とらへい》が担当している。「あとがき」には「この少国民詩集「満洲地図」は、満洲建国十周年慶祝記念として、この光栄ある機会に参じようとする私の一つの詩業である。日満少国民の読物として、新に献げられた之等の少年詩や童謡は、その殆が一気の書きおろしであり、それだけに、全体としても構成的であり、はじめから企図した文化的意嚮もほぼ達せられたつもりである。乃ち、満洲の風土、民俗、季節、伝説に亘り、日露役より満洲事変、現下の大東亜戦争をも織り交ぜ、地理的にも歴史的にも少年の生活感情に結びつけようとするものである。さうして、この本が、視力もさう利かず、絶対安静の病床に在つて、死生の間に彷徨しながら、この五月の中の一週間ほどに成された口

述の詩章であることに私としての微笑が密かに私の頰を綻ばしてくれる。私はやつと責を果したやうに思ふ」と記されている。

白秋自身も「あとがき」の別の箇所で述べているが、この『満洲地図』には「待ちぼうけ」「ペチカ」が収められている。この二篇に「柳のわた」を加えた三篇のみが童謡集『子供の村』（一九二四年、アルス）からの再録となっている。その理由について白秋は「人口に膾炙し、既に日満少年のものとなり了つてゐるので、この本の性質上、どうしても加へない訳にいかなかつた」と述べている。この「あとがき」には「昭和十七年　夏」と記されている。

図19は童謡集『七つの胡桃』の外函、図20は表紙である。装幀、挿画は武井武雄が担当して

図19　『七つの胡桃』外函

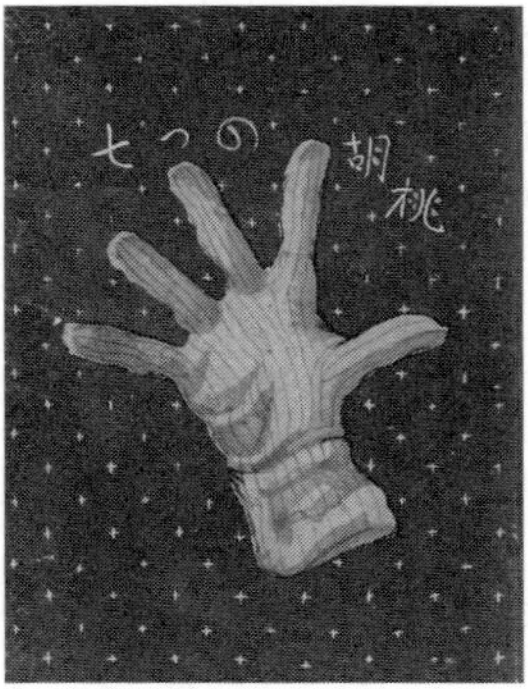

図20　『七つの胡桃』表紙

いる。外函の表には図のように六つのクルミしか描かれていないが、裏にもう一つクルミが描かれており、合わせて「七つの胡桃」になっている。外函の絵柄は書名と重なっているが、書籍本体の表紙の赤い大きな手袋は何か、と初めて見た時に思った。裏表紙には向きが逆になっているが、やはり同じ赤い手袋が描かれている。『七つの胡桃』には、手袋という題の作品はなく、さらにいえば、手袋がよみこまれている作品もない。何も意図はないのかもしれないが、武井武雄は、後に、本の「内容」、印刷、装幀すべてを一具のものととらえた「刊本作品」を制作、出版するようになる。その武井武雄が何も意図しないということがあるだろうか、と思わざるをえない。何かに抵抗する力、あるいは何かを求める手、のようにみえるのは気のせいだろうか。

『黒檜』──不可視を視る

歌集についていえば、昭和九(一九三四)年に『白南風』が刊行されてから、五冊が刊行されている。刊行が白秋没後になったものもあるが、五冊を作品の制作年にしたがって並べると、『夢殿』『渓流唱』『橡』『黒檜』『牡丹《ぼたん》の木《ぼく》』となる。『黒檜』は白秋存命中に刊行された最後の歌集となった。

大木惇夫は『天馬のなげき』(一九五一年、婦人画報社)において、白秋は昭和十二(一九三七)年に「改造社の出版する『新万葉集』の選者の一人となつて、夏じゆう選歌を強行してゐるうちに、九月頃から視力に異状をきたし、新聞を読むにも、天眼鏡を要するほどに眼が衰へた。そこで、つひに十一月、駿河台の杏雲堂病院に入院した。糖尿病と腎臓炎が原因しての眼疾であつた」「翌年の一月、ひとまづ退院して、それからは自宅療養となつたが、つひに眼底出血をおこして、再起不能の宣告をうけた。黒眼鏡をかけて引き籠り、薄明のうちに住しつづけながらも、その不自由な中で精進し、仕事は絶えず多忙を極めた。病状は快くならないままに、二年を過ごして昭和十五年四月、五十六歳、阿佐ヶ谷五ノ一に転居し、療養をつづけながらもあひかはらず創作の筆を絶たなかつた。この年、『白南風《しらはえ》』につぐ歌集『黒檜《くろひ》』を刊行した」と記している。敷島をくわえた黒眼鏡の白秋の写真や、天眼鏡を使って眼を紙面に近づけながら阿佐ヶ谷の家で新聞を読んでいる白秋の写真などをよくみるが、これらはこの頃の写真だ。

『黒檜』は一冊の書物として刊行されているが、全体を上巻と下巻とに分けて編集されており、上巻には生活詠を、下巻には「時局の歌」(『黒檜』「巻末に」)を収めるが、下巻はさらに「日本古武道」と「戦時雑唱」とに分けられており、この頃の白秋が古代日本の文化に傾注していたことが窺われる。

上巻は「熱ばむ菊」という小題の下に、「駿台月夜」と題された二首から始まる。

照る月の冷《ひえ》さだかなるあかり戸に眼は凝《こ》らしつつ盲《し》ひてゆくなり
月読《つきよみ》は光澄みつつ外《と》に坐《ま》せりかく思ふ我や水の如《ごと》かる

「月読《つきよみ》」の箇所、初版においては「月読《つきよ》」とあるが、ここでは『白秋詩歌集IV歌集』(一九四一年、河出書房)のかたちを採った。この二首は六ページ(見開きの右ページ)に印刷されているが、次の左ページはページ数がなく、そこに東大寺の月光菩薩頭部のコロタイプ版の写真が置かれている。月光菩薩は眼を閉じており、右の二首と照らし合う。

次のような作品は当時の白秋の状況を窺わせる。

杏雲堂屋上展望

冬曇り明大の塔にこごりゐて一つ黝《くろ》きは赤き旗ならむ
雲厚く冬は日ざしかとどこほる聖堂の黝《くろ》き樹立うごかず

冬の日

失明を予断せられ、I眼科医院を出づ

犬の佇《た》ち冬日《ふゆひ》黄に照る街角の何《なん》ぞはげしく我が眼には沁む
病院街冬の薄日に行く影の盲目《めしひ》づれらし曲りて消えぬ

「巻末に」において、白秋は『黒檜』の作品を「薄明吟の集成」と呼ぶ。そして「巻末に」は「視力は一進一退して、今日に至つたが、やや小康を得て、薄明にも馴れた。ただ四方は暗くなりつつある。(昭和十五年七月廿四日夜)」と結ばれている。

白秋の地理的感覚

大正十四(一九二五)年に、樺太観光団に加わり、一ヶ月にわたって、北海道をめぐったことは先に記した。それが『フレップ・トリップ』としてまとめられているが、昭和三(一九二八)年、前章でふれたように、今度は旅客機ドルニエ・メルクールで「日本最初の芸術飛行」を行ない、翌昭和四年には満蒙各地を歴遊している。その間、白秋はさまざまな機会に、日本各地を訪れており、昭和九年の六月には、台湾総督府の招きで台湾島全島を一ヶ月ちかくかけてまわってもいる。その翌年、昭和十年七月末には、大阪毎日新聞社の委嘱により、朝鮮にわたり、慶州、平壌などを歴遊している。つまり白秋は樺太、満蒙、台湾、朝鮮と、日本がこの時期に拡大していった版図をいわばもれなく訪れている。白秋は自身の感覚によって、「大日本帝国」の版図をとらえていた可能性がある。大正十一(一九二二)年四月に刊行した民謡集『日本の笛』では、冒頭の「民謡私論」において、「民謡は郷土的のものである」と述べ、また幾つかの地域にかかわる民謡を集めた体の編集がなされてはいるが、それが「日本各地」という地理的感覚とは結びついていないようにみえる。その後、国家の「版図」が意識される時代にあって、白秋の地理的感覚がとぎすまされていったということだろう。

そうした地理的な感覚と、詩集『海豹と雲』、歌集『新頌』にみられる「古代日本への志向」とが結びついた時に、白秋の作品は「あるかたち」をとったのではないか。

それはまず児童向けの読み物にあらわれた。昭和十七(一九四二)年三月にアルスから出版された『港の旗』は装幀、恩地孝四郎、挿絵、武井武雄で、「新日本児童文庫20」として刊行されている。表紙の「港の旗」の上部には「少国民詩集」とある(後出図23参照)。巻末には既刊の新日本児童文庫の広告が載せられているが、陸軍少佐長谷川宇一著の『戦線美談軍旗の下に』、やはり陸軍少佐である西原勝著の『航空少年読本』、小川未明著『夜の進軍喇叭《らっぱ》』、大河内正敏著『発明と工業の日本』、小松耕輔著『日本愛国唱歌集』、東北帝大教授大類伸《おおるいのぶる》著『世界の光・日本』、宇野浩二著『向かふの山』、海軍少将小山武著『日本の海軍』など、「時局」を思わせる題名が並ぶ。

図21、22は小川未明『夜の進軍喇叭』と豊島与志雄『金の目・銀の目』との表紙。それぞれ

の本には「新日本児童文庫カード」なるものが挟み込まれているが、前者には「私の眼には、やさしいお母さんがうつります。私の眼には、正直で勇敢な、子供達がうつります。これこそ、日本のお母さんの姿であり、日本の子供の姿でありませう。皇紀二千六百年、日本は、世界の鏡として立上りました。東雲の空の如く、美しき夢と、かゞやかしき希望が、日本を包んでゐます。その心をもつて私は作品を書いたのであります」とあり、後者には「この「金《きん》の目・銀《ぎん》の目」の物語は、その人物《じんぶつ》や土《と》地《ち》がいろ〳〵でありまして、印度《インド》の話があり、南洋《なんやう》の話があり、また満洲《まんしう》や蒙古《もうこ》の話などもあります。これらの国々は、すべて我我の大東亜生活圏内《せいくわつけんない》だといふ気持で読んで戴けば、その人物や土地などが、いつそう親《した》しく生々《いきいき》としたものになることでせ

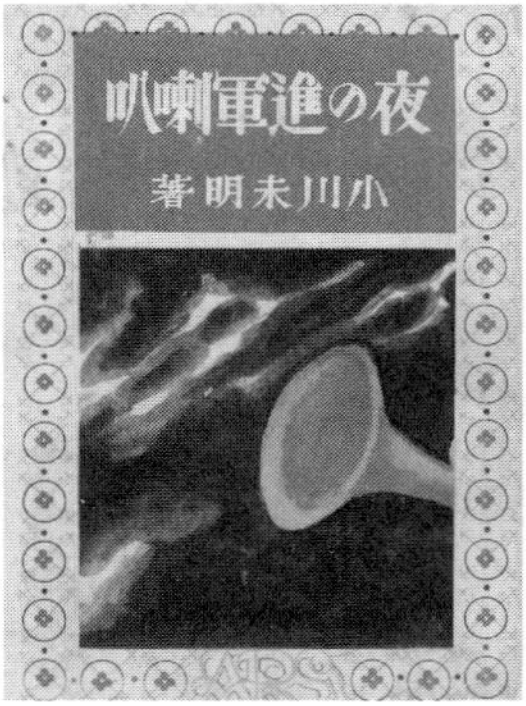

図 21 『夜の進軍喇叭』表紙

図 22 『金の目・銀の目』表紙

う」とある。

豊島与志雄の『金の目・銀の目』の広告には「印度・満洲・蒙古・南洋等大東亜共栄圏を舞台にした童話」とある。また『世界の光・日本』の広告には「文部省推薦　皇紀二千六百年、万世一系の歴史に輝く、大日本こそは世界一です。こんな立派な尊い国に生れた、日本国民ほど幸福なものはありません。我等は先づ、大類博士のお話を伺ひ、日本肇国の大精神を知り、日本人としての正しい覚悟を一層強くしなければなりません」とある。いわば、このようなシリーズの一冊として『港の旗』は出版されている。

『港の旗』の冒頭には「輝く太陽」（初出は昭和十四〈一九三九〉年）という作品が置かれている。

子供と寄り添う

輝《かゞや》く太陽《たいやう》

子供の世界《せかい》はいつでも朝だ。
おうい！　ほうい！
鳥の巣《す》見つけた、僕《ぼく》らは叫《さけ》ぶ。

力だ、ピストン、
ベルト、ベルト、ベルトがまはる。
そこにも火花《ひばな》が子供を待つてる。
　おうい！　ほうい！
天気《てんき》だ、クレーンがぐんぐんあがる。

のぼれのぼれ、丘《をか》から山へ、
知《し》らない地平《ちへい》がつぎつぎひらける。
海《うみ》だ、マストだ、地球《ちきう》は円《まる》い。
　おうい、ほうい！
母《かあ》さん、見えるよ、僕らはをどる。

三木卓は『北原白秋』において、「大正から昭和の初年にかけての、あの「赤い鳥」で白秋がつちかってきた、のどかな揺り籠的なリズム、日本の風土への愛着、永遠の童心に対する鑽仰は、消えうせてしまった」と述べ、ここにあるのは「メカニカルで速いリズムである」と述べている。首肯すべきみかたであると思う。しかし、そのメカニカルなリズムは、昭和四年に出版された『海豹と雲』の「鋼鉄風景」にすでに予告されていたといえるのではないだろうか。「子供の世界《せかい》はいつでも朝だ」「そこにも火花《ひばな》が子供を待つてる」は子供の世界の外からの発言で、「おうい！　ほうい！／鳥の巣《す》見つけた、」と叫んでいるのは「僕ら」で、そこにいわば「視点」の分裂がみられることにも留意しておきたい。白秋は、外から「子供」を見ているだけではなく、「子供」と寄り添い、一体となり、「子供」を導いているようにみえる。

図23は『港の旗』の表紙であるが、水平線を煙をあげながらいく汽船の上には赤々と輝く大きな太陽が、右側には貨物をつり下げるクレーンが、手前には両手をひろげた子供が描かれており、「輝く太陽」と重なる。しかし、ここには描かれていないことがある。

先ほど見たように、「輝く太陽」は三つの連から成る。第一連は「子供の世界」を、第二連は「近代(的な工業)風景」、第三連は「未知の世界への拡大」をうたっているが、「子供の世界」は「鳥の巣」に代表されているように、子供の日常生活をとりまく自然や、ここにはうたわれていないけれども、日々の暮らしがその中心を占めている。表紙絵には、その「子供の世界」が描かれていない。もちろんこれは偶然かもしれない。しかし、昭和十七年という時点での「選択」とみることはできる。むしろそうみるのが自然かもしれない。

一方、第三連の最後には「母《かあ》さん、見えるよ、」と添えられていることによって、詩全体の調和が保たれており、こういうところに「「子供」と寄り添」う白秋の「心性」が現われていると考える。この詩一つをとっても、白秋の「心性」は「時局」と本来の感性の間を揺れ動いていたといえるのではないだろうか。

「港」から出航する船は全世界へ行くことができる。「港」は世界への入り口といってもよい。その「世界」は、子供にとっては「未知の世界」ということになり、日本という国家にとっては、国家の「外の世界＝他国の領土」ということになる。図24は『港の旗』の中扉であるが、右上には太陽、左下には星が描かれ、地球と思われる球形の上と下とに子供が立っている。

図23 『港の旗』表紙

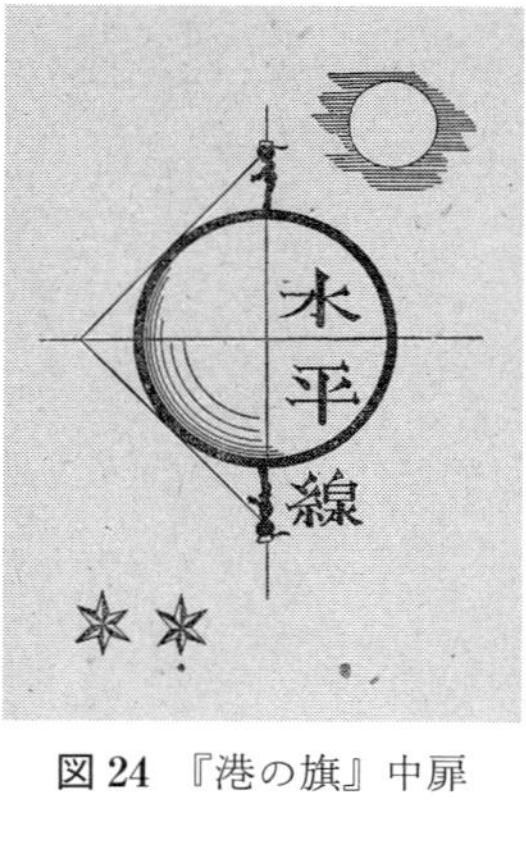

図24 『港の旗』中扉

「水平線」は丸い地球の「保証」でもあった。「水平線」は『港の旗』の小題にもなっている。

白秋は昭和十六(一九四一)年七月二十七日に発行されている、大政翼賛会文化部編『朗読詩集　地理の書』第一輯に「紀元二千六百年頌」という文章を発表している。冒頭には高村光太郎の「詩の朗読について」という文章が置かれ、光太郎は「地理の書」という詩を載せている。その最終連には次のようにある。

稲《いね》の穂《ほ》いちめんになびき
人満ちみちてあふれやまず
おのづからどつと堰《せき》を切る。
大陸の横圧力《おうあつりよく》で隆起した日本湾《にっぽんわん》が
今大陸を支《ささ》へるのだ。
崑崙《コンロン》と樺太《カラフト》とにつながる地脈《ちみやく》は此所に尽き
うしろは懸崖《けんがい》の海溝《かいこう》だ。
退《しりぞ》き難い特異《とくい》の地形を天然は
氷河《ひようが》時代のむかしからもう築《きづ》いた。

これがアジヤの最後を支へるもの、
日本《にっぽん》列島の地理第一課だ。

詩の後ろには「解説」が附され、そこには「これは日本列島の地理地形の説明にことよせて、われわれ民族の性格と運命と決意とをうたつた詩であります」「日本が太平洋に面するアジヤの最東端に在ることの意味を思ひめぐらしてみませう」とある。そういう「地理」的感覚が日本列島を覆っていた時期であったことがわかる。

『多磨』創刊

『多磨』創刊号には五月二十九日印刷、六月一日発行とある。『多磨』第一巻第二号(昭和十〈一九三五〉年七月一日刊)の「雑纂」欄によれば、白秋は五月十九日の「東京駅発の夜行列車で」西下する。(『白秋全集37』小篇3には「予報のごとく、六月十九日、東京駅発の夜行列車で、私は愈々南方旅行の途に就いた」とあるが、五月十九日の誤りと思われる。ちなみにいえば、三木卓『北原白秋』三六〇ページも『白秋全集37』同様、「六月十九日」とする。)その夜行列車の「一等の寝室」で白秋は「暁まで短歌「春昼牡丹園」の連作に耽」る。「春昼牡丹園」は『多磨』創刊号に載せられているので、印刷十日前のこの時点まで、白秋の短歌作品ができあがっていなかったことがわかる。

「春昼牡丹園」と題された作品は牡丹をめぐる十一首と、その後ろに置かれた「軍刀歌抄」と題された七首とから構成されている。「軍刀歌抄」には「陸軍の依嘱により大陸軍の歌成る、恰も日露戦役三十年記念に際し、三月十日附、軍刀の贈を受く、靖光の新刀なり」という詞書きが添えられていて、白秋が陸軍から軍刀を贈られていることがわかる。「大陸軍の歌」は後に高須芳次郎『愛国詩文二千六百年』(昭和十七〈一九四二〉年、非凡閣)にも収められているが、歌集『夢殿』(昭和十四〈一九三九〉年、八雲書林)下巻にも「風騒四部唱」の小題のもとに収められている。「大陸軍の歌」は昭和九(一九三四)年十二月二十五日に完成し、山田耕筰が曲をつけている。

白秋の『全貌』

白秋は、自身の「その各年の全貌を全面的に立体的に鮮明ならしめようとする」ために、『全貌』白秋年纂第一輯・一九三三年版(昭和八〈一九三三〉年、アルス)を刊行し、以下毎年『全貌』の刊行を第八輯(昭和十五〈一九四〇〉年)まで続けていく。『全貌』に示されている作品はすでに何らかのかたちで発表されていることもあってか、この『全貌』すべてが、『白秋全集』に収められているわけではない。だが、筆者は、「全貌」はまことに白秋らしい、と思う。ここまで述べてきたように、白秋の発表する作品は詩、短歌、童謡、民謡等多岐にわたっている。受け手は、短歌に興味があったり、詩に興味があったり、童謡を口ずさんだりと、さまざまであろう。それは「文学研究」においても同様と思われる。これまでの白秋研究ももちろん、白秋がそのような「書き手」であることを充分に理解し、多角的、総合的に白秋をとらえようとしている。しかしそれでもなお、とらえきれてはいなかった部分があり、誰よりも白秋自身が自身の多様性に意識的だったのではないか。

さて、『全貌』は「詩」「短歌」「童謡」「歌謡」「散文」「詩選」「雑纂」と分けられ、「雑纂」の冒頭には「創作目録」が置かれており、白秋の当該年の「全貌」がよくわかるような編集がされている。

「創作目録」には「創作月日」と「作品種別」も記されている。「作品種別」は「童謡」「小唄」「論文」「短歌」「詩文」「校歌」「国民歌」「短歌」「序文」「軍隊歌」「詩」「運動歌」「民謡」「会歌」「研究」「巻頭言」「随筆」「唱歌」「解説」「随感」「後記」「一家言」「地方民謡」などとかなり細かく分けられている。

第一輯は昭和七(一九三二)年度、第二輯は昭和八年度の目録であるが、後者において「国民歌」「軍隊歌」「校歌」と分類されている作品をあげてみよう。

昭和八年度

中野高等女学校校歌……校歌・一月四日

湘南中学校校歌……校歌・一月十八日

岐阜薬学専門学校校歌……校歌・一月二十一日

非常時音頭……国民歌・三月十六日・『キング』七月号

大亜細亜聯盟の歌……国民歌・三月十六日・『キング』五月号附録

海国日本の歌……国民歌・三月二十日・『講談倶楽部』六月号

銃後の護り……国民歌・三月二十二日・『婦人倶楽部』五月号

尾島小学校校歌……校歌・三月二十二日

熱弁日本の歌……国民歌・三月二十四日

国民会館の歌……国民歌・四月三十日

参謀総長官を讃へ奉る歌……国民歌・六月十九日・キング・レコード吹込

軍令部総長官を讃へ奉る歌……国民歌・六月二十日・キング・レコード吹込

空は晴れて(福井県体育運動歌)……国民歌・八月二十一日

川崎小学校校歌……校歌・九月四日

永安小学校校歌……校歌・九月二十六日
皇太子御生誕を言祝ぎ奉る歌……国民歌・十二月二十五日・『大阪毎日』九年元旦号
大皇子……国民歌・十二月二十七日・『婦人倶楽部』九年二月号

白秋は「国民歌」と「軍隊歌」とを区別しているが、「笑めば仁慈《じんじ》の旗となり、／死して護国の鬼となる。」（「日本武人の歌」）や「国家の干城、／執れよ、いざ銃《つつ》、いざ剣《つるぎ》。行け。」「行け、今よりぞ、今よりぞ、／陛下の兵士、／守れ、任務を、軍律を。行け。」（「入営の歌」）は「皇軍の歌」という小題のもとに、『躍進日本の歌』に収められているのであって、両者の区別は現代人にはわかりにくいといわざるをえない。『躍進日本の歌』は「国民歌謡集」と謳われており、白秋の認識としてはあくまでも「国民歌」を集めたものであったと思われるが、その「序」には「皇国日本は今や全線に於て躍進しつゝある。而も此の非常時に当つて、たゞ一の皇道光被の大旆の下に、国家総動員の形勢にある。陸海軍と云はず、内政外交と云はず、芸術、科学、教育、経済、逓信、冶鉱、労農、産業、警察、消防、その他あらゆる文化の近代的展開が四方の大視野にめざましい光塵をあげつゝある」とまずあって、白秋にあっては、「国家総動員」も「陸海軍」も、「文化の近代的展開」に内包されていたようにも思われる。「国民詩人の一人として、夙に日本精神に立ち、此の祖国の山河を我が母体とし気魄として、又、我が声を全国民の胆たらしめ、全国民の胆を我が声として、些か此の躍進日本の全戦線に参加せむとするものである」という言説は、白秋のいう「日本精神」や「国民詩人」の意味するところに幅があったとしても、結果としては大きなみえないシステムの一部として機能したようにみえる。それについては、中野敏男『詩歌と戦争　白秋と民衆、総力戦への「道」』(二〇一二年、NHK出版)がさまざまな角度から分析を加えている。多くの人々の善意やエネルギーが方向を失って、(誰かによって、あるいは誰も気づかないうちに)個々人を滅ぼす邪悪な力としてまとまるというようなことが起こり得た時代、白秋の詩もまた、その渦中にあったようにみえる。

航空母艦と遡江艦隊

三木卓は『北原白秋』において、『港の旗』に収められている、昭和二(一九二七)年につくられた「航空母艦」という作品と昭和十四(一九三九)年につくられた「遡江艦隊《そこうかんたい》」との違いを指摘する。

航空母艦《かうくうぼかん》

航空母艦《かうくうぼかん》、
月の夜《よ》に、

ひとつ飛《と》ばした、
飛行機《ひかうき》を。

空と海との、
どこやらで、
音がしてます、
プロペラが。

ほうい、ほいほい、
もうかへれ、
だれか呼んでる、
メガホンで。

航空母艦《かうくうぼかん》、
月の夜《よ》に、

波をけたてる、
白い波。

ほうい、ほいほい、
もうかへれ。

遡江艦隊《そこうかんたい》

遡江艦隊《そこうかんたい》のぼつてく、
千里二千里、揚子江《やうすこう》。

遡江艦隊　どこまでも、
風にひらめく軍艦旗《ぐんかんき》。

遡江艦隊　すすんでく、

機雷《きらい》とりのけ、ずんずんと。
遡江艦隊　夜《よる》になりや、
燈火管制《とうくわくわんせい》すごいんだ。
遡江艦隊　ぐんぐんと、
朝は飛んでく、艦載機《かんさいき》。
遡江艦隊、陸戦隊《りくせんたい》、
敵前上陸《てきぜんじやうりく》、それ今だ。
遡江艦隊　愉快《ゆくわい》だな、
一斉砲撃《いつせいはうげき》　どんずどん。

三木卓が指摘するように、昭和二年の時点では、まだ中国との戦争が始まっておらず、「航空母艦」は「近代の風景」の一つであったといってもよい。具体的な戦闘行為が採りあげられているわけではなく、日本の工業力がうみだした「航空母艦」は「月の夜《よ》」に「白い波」をけたててどこかの海を航海している。しかし、「遡江艦隊」は揚子江を「すすんで」いるのであり、それが昭和十二(一九三七)年のいわゆる「日華事変」あるいは「第二次上海事変」のいずれのことであるかはわからないけれども、実際にあった情景なのであり、中国における日本の軍事行為の情景である。そうであれば「一斉砲撃《いっせいほうげき》」されているのは中国ということになり、それを「愉快《ゆくわい》だな」ということは許されないことになる。

北原隆太郎は『父・白秋と私』の「後期白秋童謡に想う」において、自身の昭和十二年一月三十日の日記に、「痛快なこと」と題して、「陸軍が歌を父に頼んできた。阿父きつぱりと断つて曰く、「俺は陸軍の御用詩人ぢやない。国民の詩人だ！　御免かうむる！」陸軍では〔父を〕憎んでゐるであらうが、大痛快事ではないか」と記していることを紹介している。そして「日記から五年余りのち、太平洋戦争勃発四ヶ月後の『港の旗』刊行時には、私はもう東大生だった」と述べ、「戦時色を反映する若干の童謡に辟易し、心が痛む」と述べた上で、「遡江艦隊」の「一斉砲撃」にふれ、「素朴な「童心」の嬰孩性《えいがいせい》は絶対否定されねばならぬ。侵略される側からは不愉快千万な、かかる砲撃に快感を覚えること自体、人間の歴史の根もとに潜む根源的な罪悪であり、業である」と、強い調子で批判する。

軍歌をつくる白秋

三木卓は「二重構造の詩意識――戦中執筆の少国民詩について」(『白秋全集』月報36)において、『きよろろ鶯』(昭和十〈一九三五〉年、書物展望社)に収められている「満洲随感」(昭和七〈一九三二〉年一月一日発行の『東京朝日新聞』『大阪朝日新聞』に掲載)の

「私は詩を以て立つてゐるが、しかも日本の神ながらの、古神道を現在の詩の精神としてゐるものだけに、一層に日本民族の荒霊《あらみたま》と和霊《にぎみたま》について思ふことが深い。何といつてもわたくしは日本民族の一人である。思ふにAの民族とBの民族とは根本においてちがふ。どうにも理解されないものがあるのである。わたくしが日本の言霊の信奉者であることはわたくしの幸福である。わたくしは詩を以てこの祖国にいさゝかでも尽させていただくことをどんなに歓びとしてゐるか。軍歌でも何でも作らうと思ふのである」という言説をあげ、まず「一人の詩人がどのような思想を持ち、信念をもとうと、たとえそれがこのわたしとは全く異る立場であろうと、それはそれとして尊重されなければならない」と述べた上で、「しかし、そう思って、たとえば『大東亜戦争　少国民詩集』を見るとき、率直にいって相当な当惑をおぼえる。検討の対象としてはこれはほとんど対象たり得ないといわなければならない」と述べて、「あの声」という作品を紹介している。

『大東亜戦争　少国民詩集』（昭和十八〈一九四三〉年、朝日新聞社）の「後記」の末尾には「昭和十七年十一月十八日　二十日祭を前に／阿佐ケ谷の白秋居にて　藪田義雄識」と記されていることからわかるように、白秋没後に出版されている。集全体は「僕らは昭和の少国民だ」「ハワイ大海戦」「空の軍神」「東條さん」「少年飛行士」「未定稿」と分けられており、「未定稿」には欠字箇所があるが、それは「後から補足されるおつもりで、とうとう果されなかつたもの」（「後記」）で、未定稿としての生々しい印象を読み手に与える。

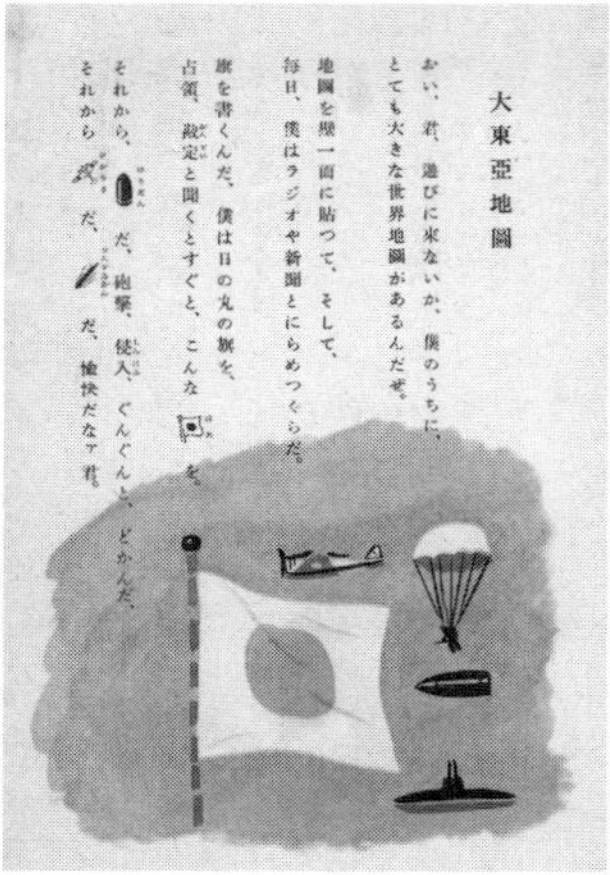

図25『大東亜戦争　少国民詩集』

図25は「僕らは昭和の少国民だ」という小題のもとに収められている「大東亜地図」の冒頭ページであるが、挿絵にはひときわ大きな「日の丸」旗が描かれ、旗、砲弾、飛行機、潜水艦をわざわざ絵として入れている。それは「少国民」向けの「工夫」なのであろうが、あからさまであるともいえる。第三連にある「戡定《かんてい》」は現代の言語生活では使われなくなっている語であるが、「戡」には「勝つ」という字義があり、「敵に勝って乱を平定すること。武力で乱をし

ずめること」(『日本国語大辞典』第二版)が「カンテイ(戡定)」である。『広辞苑』の前身といってもよい『辞苑』は昭和十年に初版が刊行されているが、『辞苑』は「カンテイ(戡定)」を見出し項目として採用し、「敵に勝ちて乱を定めること」という語釈を置く。

次のページには「爆撃、電撃、ブルルンルン、グヮンだ、/敵前上陸、不沈艦轟沈、陥落。」「見たまへ、君、大陸は　ひのまる　ばかりだ、/フィリピンだつて、マライだつて、ビルマだつて、南洋だつてさうだ。」とあり、あげられた地域の「占領」「戡定」が手放しで賞讃されているようにみえる。

「満洲随感」と、右のような『大東亜戦争　少国民詩集』に収められた作品とが同じ一人の人間白秋によってつくられていることについて、三木卓は「かれは、自分の外界におこっていることにいつも関心があり、おどろき、よろこび、感銘をうける。拒否することよりも肯定してそれを讃美し、うけ入れることの方がはるかに多い」と述べ、国民的詩人とみなされていた白秋に「日本中のありとあらゆる立場の人々が、かれに歌をつくってくれとねがい、そしてかれはそれに応え」たためであろうと述べる。ただし同時に三木卓は「度を越えている」とも述べる。三木卓が「その時代、その場にいない者にはわからないことが多い。だから言葉はつつしみ深くなければならないと思う」と述べていることは首肯できる。本書は白秋の一生を評価する場ではない。というよりも、他人の一生を評価することなど、誰にもできないはずだ。白秋がつくった作品を紹介し、それをよみ、白秋がどんな時期にそうした作品を発表したかということを理解することがまずは大事なことだと思う。そして白秋が自らにも、自らをとりまく「世界」にもつねに真摯に向き合い、そうしたところから得られた「イメージ」を作品に全力で投入していたことを感じてもらえればと思う。

香弾があったら

少し時期はさかのぼるが、白秋は昭和十一(一九三六)年四月一日に発行された『多磨』第二巻第四号に「香ひの狩猟者」と題した詩文を載せている。詩文には1から34までの番号が附されている。少しあげてみよう。

15

白薔薇はその葉を嚙んでも白薔薇の香ひがする。その香ひは枝にも根にも創られてゐる。花とはじめて香ひが開くのではない。白薔薇の香ひそのものがその花を咲かすのである。

23

香ひからはじまる夢もある。しかし多くは白日の夢だ。香ひはロマンチシズムの濛気のやうで、その実きはめてリアルなものだ。何れをもとりあつめて深くなるほど悩ましい。

24
香ひのピアノは、一つ一つキイを叩くごとに、一つ一つ記憶が奏鳴する。

28
香ひのビルヂングが、デパートがあるとしたら、エレベエターで昇る人にはどの階をも素通りにするか、どの階にもはひらなければならないであらう。いや、昇るより前にむしろ地階で悶絶するであらう。

30
白い手の猟人とは、あまりに果敢ない香ひの狩猟者なのだ。

31
日脚、雨脚、雲脚といふ。ならば、香ひの脚といふ言葉もあつていゝ。ところで香ひには臍がある。

32
香弾といふものがあつたとしたら、これらを軽機関銃で連続射撃をしたら、どんなに爽快であらうぞ。あゝ、青年将校たちは過つた。

図 26 『香ひの狩猟者』扉ページ

この詩が『多磨』に掲載される前々月に「二・二六事件」が起こっている。『多磨』第二巻第四号の巻末に置かれた「近景遠景」に白秋は「私の近景はこの春にかけて、しばしば雪、雪、雪に浄められたが、二月二十六日の帝都に於ける皇国未曾有の突発事変のために、何も彼も冥々と黝くなつて了つた」「私は大陸軍の歌や歩兵第三聯隊々歌の作者として、万感交々である。思ふこと深く、云ふべきことも多い。あの二三日は何ひとつ手につかず、ほとんどラヂオの喇叭の前に坐りとほしに坐つてゐた」「しかしながら遠景では戒厳令は未だに解けてをらぬ。多磨にも今度の事変を歌つた三四人があつた。私らには衝激があまりに生々しい。十分に自重して、何処まで正しく歌ひあげ得るか、作家としての道に潔く立つべきである」と記している。

昭和十七（一九四二）年には詩文集『香ひの狩猟者』（河出書房、図26）が刊行されるが、その時には、28と32が削除され、30と31との位置が入れ替わり、新たに番号が付け変えられている。『香ひの狩猟者』の「後記」には「この「香ひの狩猟者」には詩集の「新頌」、随筆集の「きよろろ鶯」以後の詩文をとりまとめてある。加へて詩歌の小論もあれば、短唱、小唄のたぐひも交つてゐる。影の影なるもの、色の香ひの雑塵、裂地の片はし、さうした断簡零墨と云つた風の物のあはれをのみ掃きあつめた。かうした集もわたくしにはあつていい。風色はおのづからのものであるからである。道の土に鏤めた露まみれの玉とも小石とも見て戴かうと思ふ」と記している。さりげないけれども、いとおしい作品を集めたといったところだろうか。『香ひの狩猟者』は装幀についてどこにも記していないが、木俣修『白秋研究Ⅱ』には「『香ひの狩猟者』の装幀は八月、先生御自身がされたのであるが、私も少しばかり助言した。「白秋の装幀に限るね」といつて、美しい朱の表紙をためつすかしつして悦にはいつておられた」とあるので、白秋の装幀ということになる。

最後に、「道」を歌った作品を二つ引いておこう。

『港の旗』には「まつ直な道」という作品が収められている。

まつ直な道、
いつかきた道

まつ直《すぐ》な道《みち》
幅《はば》びろい鋪装《ほさう》した道、
丘《をか》、林《はやし》、野《の》の中をつつきつて、

どこまでもまつ直《すぐ》な道、
僕《ぼく》はこの道を行くのだ。

トラックがはしつて行く、
銀《ぎん》バスが追《お》つかける、
兵隊《へいたい》がざつくざつくと行く、
オートバイが爆音《ばくおん》と埃《ほこり》を立てる、
この道を僕は行くのだ。

白い雲《くも》と地《ち》平線《へいせん》、
電柱《でんちゆう》と鉄塔《てつたふ》とが先へ先へと続《つゞ》いてゐる。
あかるい、かがやかしい道、
太陽《たいやう》の下のいつぽん道、
この道を僕は行くのだ。

空を見ろ、ひるむな、
どこまでも気ばつてあるけ、
僕は自分に命令《めいれい》する。
この道を僕は行くのだ。

昭和四(一九二九)年に刊行された童謡集『月と胡桃』にはひろく知られている「この道」と「からたちの花」とが続けて収められている。「この道」は大正十五(一九二六)年八月一日に『赤い鳥』第十七巻第二号に「もとゐたお家」「いたどり」とともに発表されている。「からたちの花」は大正十四年五月五日に刊行された『子供の村』にすでに収められていた作品であった。

この道

この道《みち》はいつか来《き》た道《みち》、
ああ、さうだよ、
あかしやの花《はな》が咲《さ》いてる。

あの丘《をか》はいつか見《み》た丘《をか》、
　ああ、さうだよ、
ほら、白《しろ》い時計台《とけいだい》だよ。

この道《みち》はいつか来《き》た道《みち》、
　ああ、さうだよ、
母《かあ》さんと馬車《ばしや》で行《い》つたよ。

あの雲《くも》もいつか見《み》た雲《くも》、
　ああ、さうだよ、
山査子《さんざし》の枝《えだ》も垂《た》れてる。

「この道《みち》はいつか来《き》た道《みち》」の「この道」と、「この道を僕は行くのだ」の「この道」とは一見すると異なった「道」にみえる。しかし、「この道」が載せられている『赤い鳥』第十七巻第二号は大正十五(一九二六)年八月一日に発行されており、すでに第一次世界大戦(一九一四〜一九一八)を経験している。翌一九二七年の五月二十八日には山東半島への第一次出兵が行なわれ、およそ十年後にはいわゆる「日中戦争」が始まる。そういう時期であった。この『赤い鳥』の巻頭には「これからの海戦《かいせん》」という文章が挿絵入りで掲載され、「このつぎには、海戦《かいせん》にも、かういふ壮烈《さうれつ》な光景《くわうけい》がおり出されるでせう」とある。「あかしやの花《はな》が咲《さ》き、「母《かあ》さんと馬車《ばしや》で行つた」「この道」は結局は「兵隊《へいたい》がざつくざつくと行く、／オートバイが爆音《ばくおん》と埃《ほこり》を立てる」「この道」につながっていたことになろう。そうであるとするならば、自身の歩いている「いつか来た道」が自身を含めた人々、あるいはいささか大袈裟にいえば、人類に不幸をもたらす道でないかどうか、よくよく注視する必要があるのではないか。

白秋は、二つの道がつながっていることに、はたしてどこまで意識していただろうか。

結　び

白秋死す

白秋の死について、隆太郎は『父・白秋と私』の「父の死」において、「夜明け」と題するノートに「夜明けです。いいか、覚えとき、今日は幾日だ？　十一月二日だつたね。今日はお父さんの記念の日にしようよ。今日から生れ変つて生きようね。新しい生だ。夜明けだ。〔註、これは父が死の淵から一旦、蘇ってきた時、私たち兄妹に語りかけた最後の言葉である。〕隆太郎、篁子、しつかりやつておくれ、と仰言《おつしや》つた旧《ふる》いお父さんは今晩、息を引きとられました。その死骸の中から神の大能によつて復活せられた新しいお父さん」と、そして「「ああ、蘇つた。新生だ」と最後に語った父の死には、あの夜明けの、そよとの風も無い、清澄な空気と等しく、爽やかな処があつた」と書きつけたことを記している。

この年（昭和十七〈一九四二〉年）の五月十一日には萩原朔太郎が、五月十五日には佐藤惣之助が、五月二十九日には与謝野晶子が死去しており、詩人の亡くなる年であった。日本は、といえば、六月五〜七日のミッドウェー海戦において大損害を蒙り、十二月三十一日にはガダルカナル島からの撤退を決めている。伊藤整は昭和十七年十一月四日の『太平洋戦争日記』に「この頃北原白秋死す。萩原、佐藤に続いて、日本の近代情感の死滅する時であるか」と記している。

白山春邦が白秋の追悼文の冒頭で、白秋のことを「大きな寂しい方であった」と述べたことが、藪田義雄「印象と追憶」(『回想の白秋』所収)に記されている。そして白秋が自分を「象の子」ではないかと森鷗外に話したということが記されている。

象《ぞう》の子《こ》

わたしや象《ぞう》の子《こ》おつとりおつとりしてた。
何《なに》か知《し》らぬがゆつくらゆつくらしてた。
お眼々《めめ》ふさいでうつとりうつとりしてた。
お鼻《はな》ふりふりゆうらりゆうらりしてた。
何処《どこ》か知《し》らぬがのつそりのつそりしてた。
いつか知《し》らぬがとうろりとうろりしてた。
何《なに》もしもせずぼんやりぼんやりしてた。

坊《ばう》や
おまんまだよ。
誰《だれ》か呼《よ》ぶけどうつとりうつとりしてた。
お鼻《はな》ふりふりゆうらりゆうらりしてた。

白秋と『言海』

最後にひとつ、白秋の「辞書」についてふれておきたい。『多磨』の「北原白秋追悼号」(昭和十八〈一九四三〉年六月一日発行、第十六巻第六号)には多くの人々の追悼文が載せられている。昭和女子大学の創立者となる、詩人の人見東明は「追憶」という題名の文章を載せている。その中に、「明治三十七年の若葉の頃」に白秋が「即興詩人はいゝね、あれは僕のバイブルだよ」と言ったことが記されている。「即興詩人」は改めていうまでもないが、アンデルセンの作品を森鷗外が翻訳した『即興詩人』(明治三十五〈一九〇二〉年刊)のことをさしている。そしてさらに人見東明は次のように述べている。

そのころの彼は森鷗外訳の即興詩人、旧訳《(ママ)》聖書の詩篇、大槻文彦の言海の三書を愛読してゐた。彼の絢爛たる詩華の萌芽はこの二書によつて培はれ、豊潤な語彙は「言海」によつて養成されたものであらう。或る時彼は「言海を始めから繰つて新語を見出しては歌を作るのだよ、新らしい詞を見出すと胸のわななく思ひがする」と云つた。詞に対する敏感は既にそのころからきざしてゐたのである。

まずは、右の人見東明の言説をたしかなものと認めることにして、白秋はいつ頃まで『言海』を机辺に置いていたのだろうか。詩人の山本和夫は、新日本少年少女文学全集19『北原白秋集』(一九六四年、ポプラ社)の「解説」において、昭和十一(一九三六)年頃に白秋を中心にして「ル・セルクル・ド・ノワ(クルミの会)」という一ヶ月に一夜集まる会をつくっていた頃の事を記している。会の名付け親はフランス文学者の佐伯郁郎《いくろう》で、世話役を萩原朔太郎と吉田一穂がつとめていたとのことである。ある晩に白秋が「くたくたにつかれてあらわれ」「肩《かた》がわれるように痛い。ゆうべ徹夜《てつや》で、重い辞書《じしょ》をくりづめだった」と言ったことが記されている。そして「白秋の作品には、的確《てきかく》な表現《ひょうげん》、あるいは、人の意表《いひょう》をつく美しいことばが、火花のようにとびだしてきます。これは、たんに、天才の頭からしぜんに流れだしてくるだけではなかったのです。われるように肩《かた》がいたくなるほど、いろいろの辞書《じしょ》をくってえらばれるのでした」と述べ、白秋が「すばらしい詩は、辞書をくる苦しみから生まれるものだよ」と言ったことが記されている。ここには、白秋が使っていた辞書の名は記されていない。昭和十一年であれば、前年にすでに『大言海』が刊行を終えている。したがって右の「重い辞書」は『大言海』かもしれない。

明治二十二（一八八九）年から分冊による出版が開始され、明治二十四（一九九一）年に完結した『言海』は（大槻文彦いうところの）「普通語」の辞書として編纂されており、「洋書翻訳」に使われるような「新出ノ漢字訳語」（「本書編纂ノ大意」）は見出し項目として採用されていない。したがって、白秋が「新しい詞」と呼んだ語は、自身が知らなかった「新しい詞」と理解するのが適当であり、それはむしろ古語であった可能性もあろう。またこの「新しい詞」には、「新しい書き方」も含まれているとみたい。ある語をどのように書くか、仮名なのか漢字なのか漢字ならどの文字を使うのか、白秋はそこにもこだわっていたのではないかと思われる。

新しい書き方

例えば先にみたように、『邪宗門』の「室内庭園」には「噴水《ふきあげ》」という語が繰り返し使われている。「噴水《ふきあげ》」は他の作品にも使われている。現代日本語に慣れている眼からすれば、これは「噴水」という漢字列を「ふきあげ」とよませた、とみえるだろう。しかしそれは順序が逆なのであって、白秋はまず作品をかたちづくる「フキアゲ」という語を選択し、それから、それをどのように文字化するかを決めた、とみるのが順序である。なぜならば、例えば詩をつくる時には、「尽きせざる」の次にどのような漢字列をもってこようか、と考えるのではなく、どのような語を使おうか、と考えるはずだ。使う漢字列を決めてから、それをどのようによませるか、ではなく、使う語を選択してから、それをどのように「文字化」するか、と考えて、「尽きせざる噴水《ふきあげ》よ」という一行ができあがるとみるのが自然だ。

「文字化」は少々厳めしいものいいであるが、日本語の場合は、仮名で書く、漢字で書く、仮名と漢字とを混ぜて書くという書き方の選択肢が基本的にはつねにある。仮名で書く場合には、平仮名を使うか片仮名を使うかという選択肢がある。「フキアゲ」という語を漢字で書くことにした場合にもいろいろな書き方がある。白秋はつねにそのことに意識的であり、『言海』などの辞書を机辺に置いて、そうしたことを確認していたと考える。

『言海』は見出し項目直下に「普通用」の漢字列を示している。すなわち、その見出し項目となっている語を漢字で書くにあたって、当該時期にもっとも一般的に使われていた（と大槻文彦が判断した）漢字列が掲げられている。「フキアゲ」も見出し項目として採用されており、見出し項目直下には「吹上」という漢字列を置いている。ということは、明治二十四年頃には「吹上」という書き方が「普通」だったということになる。一方、「フンスイ」も見出し項目として採用されており、見出し項目直下には(当然のことながら)「噴水」という漢字列が置かれ、「吹キ出ヅル水。フキアゲ。フキミヅ」という語釈が置かれている。漢語「フンスイ」は「噴水」と書くのが「普通」であったが、和語「フキアゲ」は「吹上」と書くのが「普通」であった。白秋は和語「フキアゲ」を書くのに、漢語「フンスイ」を書く時に使う漢字列「噴水」を使った。それは白秋の「工夫」にみえる。

あるいは、「濃霧」という詩には「嗟嘆《なげき》」という表現がある。『言海』は見出し項目「なげき」の項目直下に「歎」という漢字を置く。現在でも同様であるが、和語「ナゲキ」のもっとも「普通」の書き方は「歎き」である。一方『言海』は漢語「サタン」も見出し項目としている。見出し項目「さたん」の項目直下には「嗟嘆」とあり、語釈には「ナゲクコト」とある。白秋は和語「ナゲキ」を書くのに、漢語「サタン」に使う漢字列「嗟嘆」を使った。「恐怖《おそれ》」(「濃霧」)、「泥濘《ぬかるみ》」「戦慄《をののき》」(「曇日」)、「破片《かけら》」(「十月の顔」)、「眩暈《めくるめき》」(「接吻の時」)、「誘惑《いざなひ》」(「魔国のたそがれ」)など、『邪宗門』の作品には同様の例が少なからずみられる。これらの書き方すべてを白秋が『言海』から拾い出し、紡ぎ出していたかどうかはもちろんわからないとしかいいようがない。しかし、白秋は「新しい詞」、つまり新しい「書き方」を『言海』から見つけだし、そのつど胸をわななかせて、作品に用いていたのではないかと思う。一つの語に「新しい書き方」を与えること。それは「言葉の魔術師」白秋にとって、まさに胸躍ることだったのではないだろうか。

右に示したような例は、現代日本語においても眼にすることがあり、さほど珍しい「工夫」にはみえないかもしれない。だがそれはむしろ、白秋が編み出した新しい「書き方」が、以降の時代に自然に継承されていることを示しているのだと思う。

さまざまな辞書

歌集『雲母集』においては、目次の前に、「きらら。雲母。うんも。玉《タマ》のたぐひにて、五色《ゴシキ》のひかりあり。深山《オクヤマ》の石《イシ》の間《アヒダ》にいでくるものにて、紙《カミ》をかさねたるごとくかさなりあひて、剝《ハ》げば、よくはがれて、うすく、紙《カミ》のやうになれども、火《ヒ》にいれてもやけず。水《ミヅ》にいれてもぬるゝことなし。和名(雲母[和名、／岐良々」『日本大辞林』)」とある。物集高見《もずめたかみ》によって編纂され、明治二十七(一八九四)年に刊行された『日本大辞林』記事からの引用である。これは白秋が『言海』以外の辞書も使用していたことを示す例である。ちなみにいえば、『日本大辞林』も大部の辞書で、重さはかなりある。

辞書をめぐっての話題がもう一つある。紅野敏郎は「浄書原稿『渓流唱』『橡』と白秋の加朱」(『白秋全集』月報20)において、『渓流唱』『橡』にかかわる、「菊子夫人浄書、白秋加朱の原稿の束が」木水弥三郎のもとに保存されていたことを報告している。『橡』にかかわる資料の中に、「白秋の字ではないが、青鉛筆で」次のように記されている「メモが折りこまれてまじりこんでいた」という。紅野敏郎は「白秋が菊子夫人に口述、それをだれかが清書したもの」と推測している。

つるばみ(名)橡(欄外に「今ノどんぐり(団栗)[ノ称／ノ古名]」
円真実《ツブラマミ》ノ義
倭名抄十四[十／四]染色具
「橡、都流波美（ママ）、櫟実也」
万葉集巻十七、一、三二一
○橡の衣《きぬ》きぬ人は事なしと曰ひし時より欲しく念《おも》ほゆ
○紅《くれなゐ》はうつろふものぞつるばみの馴れにし衣になほしかめやも　巻十八

対照してみると、これはまず『言海』の記事ではなく、さらに『日本大辞林』の記事でもない。では『大言海』はというと、『大言海』の記事は次のようになっている。

つるばみ(名)—橡—〔円真実《ツブラマミ》ノ義〕(一)今ノどんぐり(団栗)ノ称。どんぐり(団栗)ノ条ヲモ見ヨ。倭名抄、十四[十／四]染色具「橡、都流波美、櫟実也」(以下略)

内容が「メモ」とほぼ同じで、同じ和歌もあげているところを見ると、「メモ」はおそらくは『大言海』の記事を書き留めたものと思われる。『大言海』は『言海』を編纂した大槻文彦が『言海』の改訂を進め、それが完了しないうちに没し、その後も改訂作業が続けられ、昭和十(一九三五)年に完結した辞書の名前である。右の「メモ」が筆者の推測どおり『大言海』に基づくものであるならば、そして、白秋の指示に基づく「メモ」であるならば、白秋は『言海』改訂版として数年前に出版された『大言海』をいちはやく使っていたことになって、興味深い。

「はじめに」で、白秋のイメージを表現する「心的辞書」の豊かさについて述べた。「心的辞書」は数々の実在の辞書を読み込むことでより豊かなものとなり、一つの詩想をいくつものかたちで表現するための手段となる。「言葉の魔術師」白秋のなかには、まさに海のように「新たな詞」があふれかえっていたのだろう。その網目のようなことばのネットワークを読み解いていくことが、北原白秋の作品をよむときの最大の醍醐味ではないだろうか。

あとがき

筆者が大学院生になって、修士論文を書くためにとりくんだ文献が、瀬戸内海の大三島《おおみしま》にある大山祇神社に、室町時代から江戸時代にかけての百五十年間に奉納された連歌懐紙《れんがかいし》だった。室町時代の日本語を考えるための資料としてその連歌懐紙をよみといていった。その時には、連歌を作品として理解する余裕があまりなかったが、作品を過不足なく理解するのは難しそうだということには気づいた。

連歌は五七五、十七拍で構成される長句と、七七、十四拍で構成される短句とをつなげていく。いずれも言語量が極端に少ない。長句と短句とは何らかのつながりがあるが、あまりぴったりとつきすぎてもいけないことになっている。つきすぎると連歌全体が展開しなくなってしまうからだ。展開させるためには「飛躍」が必要になる。この「飛躍」を理解するのが難しい。

短歌の場合は五七五七七で三十一拍だから、連歌の句よりは言語量があるが、それでも散文と比べると言語量に制限を受けている。制限を受けているから、表現を「圧縮」しなければならない。そして「飛躍」を含む。詩は言語量に制限がない場合が多い。しかし「飛躍」と「圧縮」とはある。

短歌、連歌、俳句、詩をそうした「飛躍」を含んだ言語表現と考えて、「詩的言語」と呼ぶことにすると、「詩的言語」には通常使われている言語とは違った面が少なからずあることになる。それを(文法事象以外のことがらも含めて)仮に「詩的言語の文法」と呼ぶことにすると、その「詩的言語の文法」に興味をもった。大学院生だった頃から現在までは三十五年ぐらい経過しているので、いささか大袈裟にいえば、その間ずっと興味を持ち続けていたテーマだった。

現在勤めている大学の授業で北原白秋を採りあげてみようと思ったのもそのようなことがあったからだ。そこから『邪宗門』と『思ひ出』とを学生とともに「よむ」ことが始まった。近代文学の授業ではないので、もっぱら白秋が使っている日本語に着目し、明治期の日本語の中に、白秋の日本語を置いてみるというかたちで授業を展開した。学生にも興味をもってほしかったので、二つの工夫をした。授業は、学生がそれぞれ自分で詩作品を選んで、それについて発表をするというかたちにした。発表では、担当している詩作品に使われている語は『言海』と『日本国語大辞典』とにあたっておくことにした。現代日本語に置き換え、作品全体がどのような「情景/状況」を詩にしているかを説明するということが基本であるが、最後に、担当作品を絵にするといういささか変わったことを課した。これは白秋の詩作品が含んでいる視覚的な「イメージ」を学生がどうとらえているかを示してもらうというねらいと、絵を描くということで、詩作品をより具体的によみこもうとするだろうというねらいとがあった。そんなことをいうなら、先生も描いてみせてくれ、などといわれて、水彩絵の具を買ってきて、稚拙な絵を学生に「披露」したこともあった。学生は案外と厭がらずに、パソコンできれいにイラストを作ったり、貼り絵をしたり、それぞれ工夫した絵を見せてくれた。

もう一つの「工夫」は、担当者が発表した後で、発表を聞いていた学生、私と発表担当者との意見交換、質疑応答の時間を設けたが、そこではどんな質問にでも答えなくてはいけない、というルールを設けたことだ。「この作品は実景をもとにしてつくったのですか？」とか「この作品はどんな時間帯につくったのですか？」とか、作者でなければ答えられないような質問をしてもいいことにした。担当者は白秋になりきり、想像力を駆使して答える。名づけて「なりきり白秋システム」。この質疑応答システムを設けたことによって、質問する学生も、発表担当者も、より精密に、より具体的に作品をよむようになったと感じた。文学の授業ではないので、どうよむべきか、にあまりこだわらず、学生が自身のもっている「イメージ」を使って全力で作品に向き合うことを重視した。

『邪宗門』と『思ひ出』はネット上に電子化された「本文」があるので、それを学生各自がダウンロードして、自身が担当している作品に使われている語が、他の作品にどのように使われているかを検索して調べ、それも発表してもらった。そのような授業を五年ほど続けてきたが、毎年、新しい発見があった。そしてだんだん、どうよめばいいかということがわかってきたように感じた。

本書には「言葉の魔術師」という副題を付けたが、溢れるように言語を駆使して作品をかたちづくる白秋に言語面から迫ってみたい、という気持ちはだんだん強くなっていった。また、筆者は短歌をつくらないが、母が、白秋が主宰していた『多磨』につながる『コスモス』という短歌結社に入って歌作をしていた。そのため、「多磨綱領」ということばを(わけもわからず)子供の頃に耳にしていた。本書中に「ウオタアヒヤシンス」のことを採りあげた。関東地方ではもっぱらホテイアオイと呼んでいると思われるが、これも母が「白秋はウォーターヒヤシンスと呼んでいる」というような話として耳にしていた。

二〇〇一年五月に他界した父は、手先が器用で、筆者が子供の頃、夏休みの宿題に手を貸してくれることもあった。小学校三年生か四年生ぐらいの夏休みの宿題の工作がうまくいかないで困っていたところ、父がゴッホの絵にある跳ね橋を作ったらどうか、と言い出した。父とは違って器用とはいえない筆者は、わざわざそんなに難しい物を作らなくてもいいのに、と思ったが、父は材料などもどんどん揃えて、楽しそうに作り始め、とうとうちゃんと動く「跳ね橋」を作ってしまった。子供心にも、こんなに上手に自分で作れるはずがないから、これじゃ「みえみえ」だと思って暗い気持ちになったが、学校の先生は見逃してくれたのか、問題にはならずにすんだ。その時初めてゴッホの跳ね橋の絵を画集で見たわけだが、それは右のようなこととも結びついて強く印象に残った。

『水の構図』で白秋の故郷柳河の開閉橋を見た時に、それが筆者の脳内にある、ゴッホの跳ね橋のイメージに重なった。これは筆者個人の経験ということになるが、開閉橋と永代橋を結ぶ線の遠くに、筆者には跳ね橋が見えるということだ。

さて、本書の原稿を書いている間に、図27として掲げた白秋の原稿一枚を入手することができた。「冬の夜」というタイトルが付けられ、Ⅰ「十一月五日深更、赤い鳥童謡集序成る」とあって、その右側に「6」とあるので、これは六号活字での印刷を指示したものにみえる。続いて短歌が三首記されている。Ⅱの後ろにも短歌作品があることが予想されるが、今回入手したのはこの一枚だけである。

『赤い鳥童謡集』(昭和五〈一九三〇〉年十一月二十二日、ロゴス書院)は、大正七(一九一八)年七月

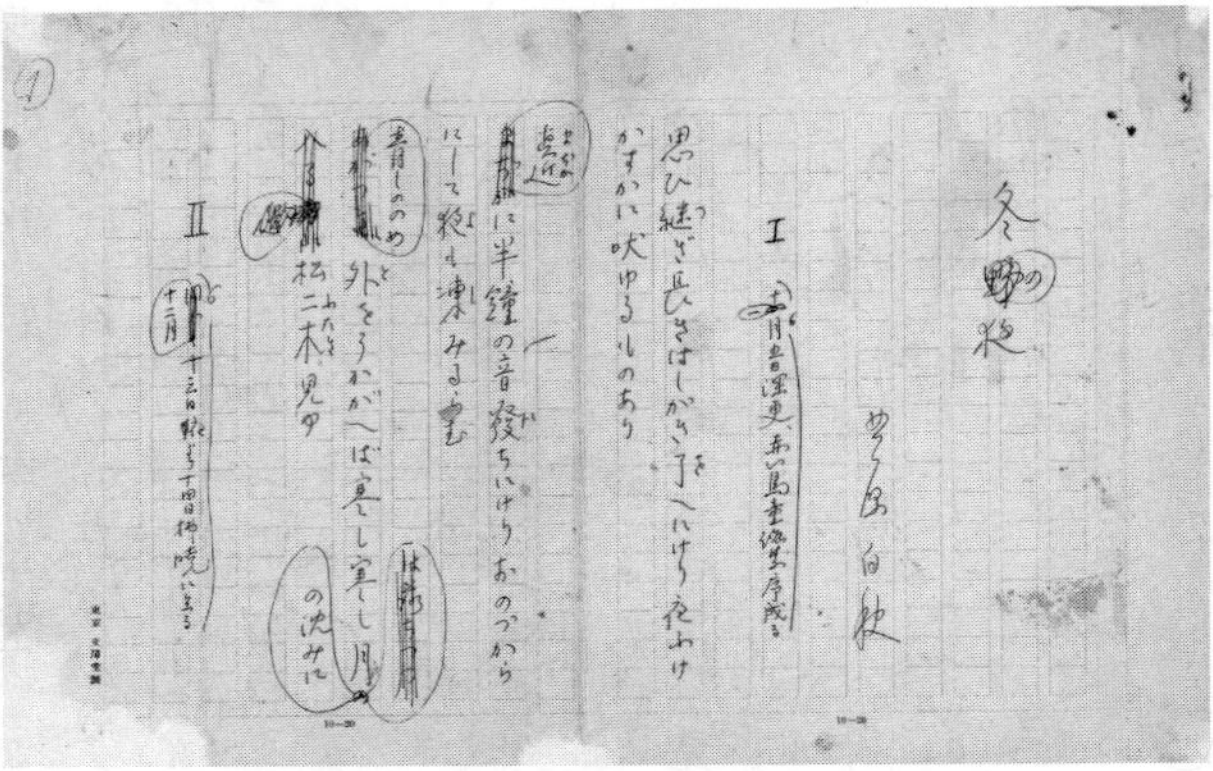

図 27　「冬の夜」と題された白秋自筆原稿(筆者所蔵)

から昭和四(一九二九)年三月に至る、『赤い鳥』の白秋選の投稿欄から生まれ育った童謡作家の作品を集めたもので、その「序」を白秋が書いている。「序」は「童謡は童心童語の歌謡である」という一文から始まるが、末尾には「昭和五年十一月五日　払暁／世田ケ谷の寓居にて　白秋」と記されている。

『白秋全集　別巻』(一九八八年、岩波書店)には、この『白秋全集』全四十巻に収録されている「白秋の全短歌作品の上三句を、現代仮名遣いによる五十音順で配列した」(凡例)「短歌索引」が附録されているが、その索引で右の三首を調べてみると、昭和六(一九三一)年一月一日に刊行された『短歌月刊』第三巻第一号に「霜に聴く」と題されて発表されている作品とつながりがあることがわかる。そしてこれらの作品は『白南風』(一九三四年、アルス)に収められていることがわかる。次に原稿、雑誌(『短歌月刊』)、歌集『白南風』に載せられているかたちを並べてみよう。

思ひ継《つ》ぎ長きはしがき了《を》へにけり夜ふけ／かすかに吠ゆるものあり(原稿)
思ひ継ぎ長きはしがき了《を》へにけり此の夜かすかに／吠ゆるものあり(雑誌)
思ひ継《つ》ぎ長きはしがき了《を》へにけり夜ふけかす／かに吠ゆるものあり(白南風)

真近《まぢか》に半鐘の音発《た》ちにけりおのづから／にして夜《よ》も凍《し》みるらむ(原稿)
かんと一つ半鐘の音発《た》ちにけりおのづからにして／夜も凍《し》みるらむ(雑誌)
かんとうちて半鐘の音とめにけり火の消え方／は夜も凍《し》みるらむ(白南風)

青しののめ外《と》をうかがへば寒し寒し月の沈みに／松二木《ふたき》見ゆ(原稿)
夜明けの外《と》をうかがへば寒し寒し月落つる方に松／二木《ふたき》見ゆ(雑誌)
霜の空透きとほり青しこの暁《あけ》や月は落ちつつ／松二木《ふたき》見ゆ(白南風)

「ことば溢れる人」白秋は、やはり作品のかたちを変え続けていることが窺われる。一首目の改行位置も「変更」とみれば、結局同じかたちは一つもないことになる。原稿において、三首目の第一句に使われている「青しののめ」は『日本国語大辞典』第二版も見出し項目としていない。「シノノメ」は「東の空に明るさが、わずかに動くころ。転じて、あけがた。夜明け」(『日本国語大辞典』第二版「しののめ」)であるので、色としていえば、淡紅色のはずであるが、冬の寒い夜明けに青を感じとり、それを「青しののめ」と(おそらく造語して)表現した白秋の感性の繊細さ、それを「寒し寒し」という口語味を感じさせる表現で受ける人間味、原稿のかたちにはそうしたものがこめられている。そういうことを思わせる「青しののめ」は結局、原稿のみにかたちを残し、活字化されることはなかったことになる。「アオシノノメ」という一語は白秋をよく表わしているのではないだろうか。

だから、原稿まで遡ってみなければいけない、などと主張しようとしているのではない。原稿が確認できるのであれば、それを確認することは必要だが、そうしたことも含めて、白秋の「心的辞書」「脳内辞書」に迫ってみたい、と改めて思う。筆者が北原白秋に向き合いたいと思ったのは、結局「白秋辞書」を具体的に感じてみたいということに尽きるのかもしれない。短歌作品だけに限ってもよい。白秋が自身の短歌作品にどのように手を入れていくのか、あるいは他人の短歌作品をどのように添削するのか、それを具体的に追うことによって、「白秋辞書」の一端でも実感する、そんなことができたら、と思う。種田山頭火《さんとうか》「分け入つても分け入つても青い山」になぞらえれば、「分け入っても分け入っても白秋」だろうか。おそらく「白秋辞書」の全貌をつかむことはできないだろうが、それでも「白秋辞書解析」「白秋解剖」というようなタイトルの本が書ければというのが、本書を書き終わった筆者の思いでもある。そのように白秋は筆者をふるいたたせる。読者の方々が「白秋ワールド」の魅力を少しでも感じていただけたなら幸いだ。

協力してものごとに取り組むことを「タッグを組む」ということがある。プロレスのタッグマッチに由来する表現のようだが、その表現を使えば、古川義子さんとタッグを組んで書いた三冊目の岩波新書だ。

「あの湖の畔に行く」ということを目標にした場合は、とにかく草木をかきわけて、少々無理そうでもどんどんそこを目指して進まなければならない。手足が傷だらけになりそうだから、もう少しきれいに整備された道を探そうなどと思っているうちに、日が暮れて結局そこにはたどり着けなかった、ということだってあるだろう。迂回している間に、目的地が見えなくなることもあろう。そうすると目的地が視界に入っているうちに進む、ということかもしれない。

筆者は日本語の分析をしているので、北原白秋についての本書は、未知の目的地という趣きがあった。だから、とにかく原稿を書き上げるということに集中した。しかし、いったん原稿を書き上げてみると、もう少しわかりやすい「ルート」、もう少しスマートな「ルート」があったのではないかということになる。こうしたことを的確に指摘してくれるのが編集担当者、古川義子さんだ。古川さんのさまざまなアドバイスによって、本書は当初のかたちよりも格段にわかりやすくなった。

これから先、また古川さんとタッグを組むことがあるかどうか、それはわからない。しかし、筆者が、この、日本語、日本文化にとって複雑な様相を呈している現代にふさわしいテーマを見つけることができれば、そういうこともないではないかもしれない。そんな日が来ることをちょっとだけ楽しみにして、一日一日を大事に過ごしていきたい。

二〇一七年一月

今野真二

白秋略年譜

	年齢	事項
1885(明18)		1.25 白秋誕生(現・福岡県柳川市)
1901(明34)	16	実家が大火で被災／妹ちか死去
1904(明37)	19	親友中嶋鎮夫自殺／早稲田大学高等予科文科入学／若山牧水らと出会う
1906(明39)	21	『明星』に多数の詩を発表
1907(明40)	22	九州旅行，紀行文「五足の靴」連載
1908(明41)	23	新詩社を離れる／「パンの会」を始める
1909(明42)	24	『邪宗門』刊行／『スバル』に詩・短歌を多く発表／詩誌『屋上庭園』創刊／生家破産
1910(明43)	25	松下俊子と出会う
1911(明44)	26	『思ひ出』刊行
1912(明45)／(大1)	27	姦通罪で告訴され市ヶ谷未決監に拘留
1913(大2)	28	『桐の花』刊行／三浦半島三崎へ転居，俊子と同居／『東京景物詩及其他』刊行／巡礼詩社創立
1914(大3)	29	小笠原父島に住んだのち帰京／俊子と離別／『真珠抄』『白金之独楽』刊行
1915(大4)	30	阿蘭陀書房創立，文芸雑誌『ARS』創刊／『わすれなぐさ』『雲母集』刊行
1916(大5)	31	江口章子と結婚／『雪と花火』刊行／紫烟草舎機関誌『烟草の花』創刊
1917(大6)	32	萩原朔太郎『月に吠える』の「序」執筆／弟鐵雄が出版社アルス創立／室生犀星『愛の詩集』の「序文」執筆
1918(大7)	33	『赤い鳥』に数々の童謡発表
1919(大8)	34	家を新築，「木菟の家」と名づける／『白秋小唄集』『トンボの眼玉』刊行
1920(大9)	35	『雀の生活』『白秋詩集Ⅰ』刊行／章子と離別
1921(大10)	36	『白秋詩集Ⅱ』刊行／佐藤キクと結婚／『兎の電報』『童心』『洗心雑話』『雀の卵』『まざあ・ぐうす』刊行
1922(大11)	37	『斎藤茂吉選集』『北原白秋選集』を互選で刊行／長男隆太郎誕生／『日本の笛』『祭の笛』『観相の秋』刊行／芸術雑誌『詩と音楽』創

		刊／『羊とむじな』「白秋民謡」「白秋童謡」刊行
1923(大 12)	38	『水墨集』『花咲爺さん』刊行
1924(大 13)	39	短歌雑誌『日光』創刊／『あしの葉』『お話・日本の童謡』刊行
1925(大 14)	40	『季節の窓』『子供の村』刊行／長女篁子誕生／樺太・北海道訪問
1926(大 15)／(昭 1)	41	『二重虹』『風景は動く』『象の子』刊行／詩誌『近代風景』創刊
1927(昭 2)	42	『芸術の円光』刊行
1928(昭 3)	43	「詩人協会」創立／『フレップ・トリップ』刊行／旅客機で「芸術飛行」
1929(昭 4)	44	『緑の触角』『篁』『月と胡桃』『海豹と雲』刊行／『白秋全集』(アルス版)全 18 巻刊行開始
1930(昭 5)	45	満蒙旅行
1931(昭 6)	46	『北原白秋地方民謡集』刊行
1932(昭 7)	47	『青年日本の歌』『日本幼児詩集』刊行／『新詩論』『短歌民族』創刊
1933(昭 8)	48	鈴木三重吉と絶交／『白秋詩抄』『全貌』(第 1 輯)『鑑賞指導 児童自由詩集成』『明治大正詩史概観』刊行
1934(昭 9)	49	アルス版全集完結／『白南風』刊行／台湾旅行
1935(昭 10)	50	歌誌『多磨』創刊／『現代歌論歌話叢書 北原白秋篇』『きよろろ鶯』刊行／朝鮮旅行
1936(昭 11)	51	『躍進日本の歌』刊行
1937(昭 12)	52	『新万葉集』選歌／杏雲堂病院に入院／『雀百首』刊行
1938(昭 13)	53	退院，視力衰える／添削実例集『鑕』刊行
1939(昭 14)	54	視力回復せず／『雲と時計』『夢殿』刊行
1940(昭 15)	55	『黒檜』『新頌』刊行
1941(昭 16)	56	『白秋詩歌集』全 8 巻刊行
1942(昭 17)	57	病態悪化，入院／『短歌の書』『港の旗』『朝ノ幼稚園』『満洲地図』『香ひの狩猟者』刊行／『渓流唱』『橡』編集／11.2 死去
1943(昭 18)		『水の構図』刊行

＊『白秋全集』別巻を参考に作成．明＝明治，大＝大正，昭＝昭和

今野真二

1958年 神奈川県生まれ
1986年 早稲田大学大学院博士課程後期退学.
　　　高知大学助教授を経て
現在 ― 清泉女子大学教授
専攻 ― 日本語学
著書 ―『仮名表記論攷』(清文堂出版, 第30回金田一京助博士記念賞受賞),『消された漱石　明治の日本語の探し方』(笠間書院),『盗作の言語学』(集英社新書),『文献日本語学』(港の人),『百年前の日本語』(岩波新書),『漢字からみた日本語の歴史』(ちくまプリマー新書),『正書法のない日本語』(岩波書店),『『言海』と明治の日本語』(港の人),『かなづかいの歴史』(中公新書),『日本語の近代』(ちくま新書),『日本語の考古学』(岩波新書),『日本語学講座』全10巻(清文堂出版),『戦国の日本語』(河出ブックス),『リメイクの日本文学史』(平凡社新書)ほか

北原白秋 言葉の魔術師　　岩波新書(新赤版)1649

2017年2月21日　第1刷発行

著　者　今野真二《こんのしんじ》

発行者　岡本　厚

発行所　株式会社 岩波書店
〒101-8002 東京都千代田区一ツ橋2-5-5
案内 03-5210-4000　営業部 03-5210-4111
http://www.iwanami.co.jp/

新書編集部 03-5210-4054
http://www.iwanamishinsho.com/

印刷・精興社　カバー・半七印刷　製本・中永製本

ISBN 978-4-00-431649-7　　Printed in Japan

岩波新書新赤版一〇〇〇点に際して

ひとつの時代が終わったと言われて久しい。だが、その先にいかなる時代を展望するのか、私たちはその輪郭すら描きえていない。二〇世紀から持ち越した課題の多くは、未だ解決の緒を見つけることのできないままであり、二一世紀が新たに招きよせた問題も少なくない。グローバル資本主義の浸透、憎悪の連鎖、暴力の応酬――世界は混沌として深い不安の只中にある。

現代社会においては変化が常態となり、速さと新しさに絶対的な価値が与えられた。消費社会の深化と情報技術の革命は、種々の境界を無くし、人々の生活やコミュニケーションの様式を根底から変容させてきた。ライフスタイルは多様化し、一面では個人の生き方をそれぞれが選びとる時代が始まっている。同時に、新たな格差が生まれ、様々な次元での亀裂や分断が深まっている。社会や歴史に対する意識が揺らぎ、普遍的な理念に対する根本的な懐疑や、現実を変えることへの無力感がひそかに根を張りつつある。そして生きることに誰もが困難を覚える時代が到来している。

しかし、日常生活のそれぞれの場で、自由と民主主義を獲得し実践することを通じて、私たち自身がそうした閉塞を乗り超え、希望の時代の幕開けを告げてゆくことは不可能ではあるまい。そのために、いま求められていること――それは、個と個の間で開かれた対話を積み重ねながら、人間らしく生きることの条件について一人ひとりが粘り強く思考することではないか。その営みの糧となるものが、教養に外ならないと私たちは考える。歴史とは何か、よく生きるとはいかなることか、世界そして人間はどこへ向かうべきなのか――こうした根源的な問いとの格闘が、文化と知の厚みを作り出し、個人と社会を支える基盤としての教養となった。まさにそのような教養への道案内こそ、岩波新書が創刊以来、追求してきたことである。

岩波新書は、日中戦争下の一九三八年一一月に赤版として創刊された。創刊の辞は、道義の精神に則らない日本の行動を憂慮し、批判的精神と良心的行動の欠如を戒めつつ、現代人の現代的教養を刊行の目的とする、と謳っている。以後、青版、黄版、新赤版と装いを改めながら、合計二五〇〇点余りを世に問うてきた。そして、いままた新赤版が一〇〇〇点を迎えたのを機に、人間の理性と良心への信頼を再確認し、それに裏打ちされた文化を培っていく決意を込めて、新しい装丁のもとに再出発したいと思う。一冊一冊から吹き出す新風が一人でも多くの読者の許に届くこと、そして希望ある時代への想像力を豊かにかき立てることを切に願う。

（二〇〇六年四月）